Das Volk der Wale

Für meinen Sohn Lucas

MARC BÄURLE

Das Volk der Wale

Die Geschichte ist frei erfunden.
Ähnlichkeiten mit lebenden Personen sind rein zufällig.

Bibliografische Information der Deutschen Nationalbibliothek:
Die Deutsche Nationalbibliothek verzeichnet diese Publikation
in der Deutschen Nationalbibliografie; detaillierte bibliografische
Daten sind im Internet über dnb.dnb.de abrufbar.

© 2022 Marc Bäurle
überarbeitete Neuauflage
Lektorat und Korrektorat: BoD – Books on Demand
Umschlagbild: stock.adobe.com: VADIM BALAKIN
Umschlaggestaltung, Satz, Herstellung und Verlag:
BoD – Books on Demand, Norderstedt

ISBN: 978-3-7562-2864-5

Inhalt

Das Geheimnisvolle, das Unentdeckte in den unergründlichen Tiefen der Meere. Sind wir die einzige Zivilisation? Gibt es noch andere intelligente Lebewesen? Es scheint so, dass wir in unserer menschlichen Arroganz denken, die Einzigen zu sein, die es verdient haben zu leben.

Die Entdeckung

Es war ein Morgen wie an jedem Sommertag in der Arktis. Klirrende Kälte bei minus dreißig Grad Celsius, stahlblauer Himmel und eine Sonne, die nie unterzugehen schien. Ein alter Inuk kniete neben einem Loch im Packeis. Er setzte sorgfältig, in einer Art und Weise wie schon seine Vorfahren dies durchführten, sein Angelzeug zusammen. Die tiefschwarzen Augen schätzten routiniert die Länge der Angelschnur ab, gleich darauf versank der Köder im eisigen Wasser. Ein paar hundert Meter entfernt stapften ein Mann und hinter ihm eine Frau mit Stöcken und Schneebrettern durch die Eiswüste. Mit Rucksäcken, dicken Mänteln und Schneebrillen waren sie genügend ausgerüstet, um so einen Spaziergang zu unternehmen.

»Lucas ... Lucas, nicht so schnell! Immer rennst du so, du weißt genau ...«, rief Sarah, hielt inne und blieb erschrocken stehen.

»Was ist, bist du festgefroren? Komm schon, Schwesterchen, wir haben heute die Aufgabe, alle Messwerte abzulesen«, sagte Lucas ungeduldig.

»Hast du das nicht gespürt?«, erwiderte sie.

»Was?«, sah er sie fragend an.

»Es kam von dort, unter dem Eis«, antwortete sie ihm und blieb wie angewurzelt stehen.

Währenddessen suchte ein Wesen verzweifelt einen Ausweg in der undurchdringlichen Tiefe des Packeises. Ein Geschöpf in unsäglicher Not umgeben von der in weißes Licht getauchten, unendlichen Flut, darunter die dunkelste Tiefe. Sollte dies das Ende sein? Kostbare Luft, ein stechender Schmerz. Müde, unsagbar müde. Wieder ein Stoß gegen die Eisdecke. Ein letztes Mal abtauchen, ein letzter Versuch.

Lucas hatte das Beben in der Eisdecke ebenfalls bemerkt. Es schien etwas Großes unter dem Eis gefangen zu sein. Sie versuchten, die Richtung auszumachen, den Weg, den es nahm. Dabei entdeckten sie den alten Inuk an dem Eisloch. Es war zu spät, ihn zu warnen.

Ein gewaltiges Knacken im Packeis, sie sahen den Inuk in das eisige Wasser fallen. Ein Rauschen aus der Tiefe, der erstickende Schrei des Inuks. Wie eine Rakete aus ihrer geheimen Basis brach etwas durch das Eis.

»Mein Gott, es ist ein Wal!«, schrie Sarah aufgeregt.

Lucas stammelte entsetzt: »Der Inuk – was ist mit dem Inuk?«

Der Wal schien mit der Hälfte seines Körpers wie ein Berg im Eis zu stehen, bis er, einem gefällten Baumriesen gleich, nach hinten absackte. Er riss ein weites Loch ins Packeis und tauchte ab. Dann sah man nichts mehr, nur gurgelndes Wasser umrandet von zerborstenem Eis. Angstvolle Minuten verstrichen, in denen sie starr das schreckliche Szenario betrachteten. Doch dann geschah das Unerwartete.

»Sieh doch, er taucht wieder auf!«, schrie Sarah und rannte los, stolperte aber über ihre Schneebretter.

»Er holt ihn raus, der Wal holt ihn raus!«, schrie Lucas fassungslos, als er sah, wie der Wal unter dem Inuk aufgetaucht war und ihn mit der vorderen Fläche seines Kopfes auf den Rand des Eises schubste. Dort rettete sich der Mann mit letzter Kraft auf die feste Eisdecke. Der Wal tauchte nach einer durch sein Blasloch ausgeatmeten Wasserdampffontäne ab. Er würde es von hier aus bis auf das offene Meer schaffen.

Außer Atem kamen die beiden bei dem Verunglückten an. Auf dem Rücken liegend schaute er zu ihnen auf und sagte: »Nanuuk haben wohl falschen Köder benutzt.«

Die drei ahnten nicht, dass diese Begegnung ihr Leben verändern würde.

Jetzt bot das Gesetz der Wildnis Eile. Bei den herrschenden hohen Minusgraden war es gefährlich, über einen längeren Zeitraum nasse Kleidung zu tragen. Lucas reagierte blitzschnell, indem er das mitgeführte Zelt auspackte und mit geschickten Handgriffen errichtete, um den Inuk darin vor der Kälte zu schützen.

»Ich hoffe, der Schlafsack reicht, um dich zu wärmen«, sagte Lucas zu ihm. Dieser sah ihn dankbar an, seine Augen zu freundlichen Schlitzen geformt, sein Mund, der nur wenige Zähne beherbergte, lächelte zufrieden. Mit einem sanften Nicken beantwortete er Lucas' Frage. Von draußen hörte man Sarah am Funkgerät:

»Alpha, Foxtrott, Sierra, eins, null, sieben. Bitte kommen, over«, sprach sie konzentriert in das Mikrophon und wiederholte das Ganze mehrmals, bis sie endlich Antwort bekam. Rauschend, knackend, knisterte es aus dem Äther:

»Hier Alpha, Foxtrott, Sierra, eins, null, sieben. Wir hören. Geben Sie uns Ihre Position, over.«

Sarah war sichtlich erleichtert und gab gleich die Koordinaten durch.

Man hatte ihr alles gründlich beigebracht, bevor sie mit ihrem Bruder und ihrem Vater zum ersten Mal auf die Station reiste. Sie studierte Meeresbiologie. Sie faszinierte die Tierwelt in den Weiten des ewigen Eises und war interessiert, an dieser Expedition teilzunehmen. Ihrem Dickkopf hatte sie es zu verdanken, die männliche Spezies davon überzeugt zu haben, dass zerbrechliche kleine Frauen auf einer arktischen Forschungsstation einen Platz haben.

»Hier Alpha, Foxtrott, Sierra, eins, null, sieben. Wir schicken euch einen Helikopter, over«, unterbrach das Funkgerät die tiefgekühlte Stille.

»Wie geht es ihm?«, fragte Sarah besorgt.

Lucas kroch aus dem Zelt und antwortete:

»Bestens, ich würde nach so einer Tortur weitaus desolater aussehen. Merkwürdig.«

In der Ferne hörte man ein Knattern.

»Sieh nur, da kommt der Helikopter!«, rief sie und deutete auf den näherkommenden schwarzen Punkt am Horizont. Lucas öffnete das Zelt und blieb starr vor Entsetzen.

»Was ist?«, rüttelte Sarah an seiner Jacke. »Was ist mit ihm?«, drängte sie.

»Er – er ist weg«, murmelte Lucas.

»Was heißt, er ist weg? Bist du behämmert?«

Sie schob Lucas zur Seite und sah das Unfassbare.

»Haben wir das alles nur geträumt?«, sah sie ihren Bruder fragend an.

Der Helikopter landete und stob weiße Eiskristalle über ihre Köpfe.

»Wisst ihr überhaupt, was so ein Helikoptereinsatz kostet? Das nur, um die beiden Herrschaften zurückzufliegen. Was habt ihr euch dabei gedacht?«

Der Vater der beiden gestikulierte wild mit den Armen und hochrotem Kopf. Bevor er weiterredete, unterbrach ihn Sarah und sagte mit lauter Stimme:

»Hör doch mal zu!«

Er hielt still, zog die rechte Augenbraue hoch und wartete auf Sarahs Erklärung. Sie schaute erst ihren Bruder, dann wieder ihn an und fing an zu berichten.

Er hörte Sarah zu, rieb sich dabei aber nachdenklich am Kinn.

»Ein Wal, der verschwindet und ein von dem verschwundenen Wal geretteter Inuk, der ebenfalls weg ist. Wo sind da die Fakten? Warum sagt ihr nicht gleich, ihr seid rosa Elefanten nachgelaufen?«, rezitierte er sarkastisch.

»Weil es keine rosa Elefanten gibt!«, antwortete Sarah, deren Ohrläppchen rot glühten. Lucas sah dieses untrügliche Zeichen und wusste, dass die Wut seiner Schwester ihren höchsten Grad erreichte.

»Ich hätte ein bisschen mehr Vertrauen von dir erwartet!«, erwiderte sie und schlug mit der Faust auf den Tisch, sodass der PC-Bildschirm umkippte. Lucas hechtete nach dem Monitor, um ihn zu fangen.

»Ich habe nicht in Naturwissenschaft promoviert, um so einen Schwachsinn zu glauben. Gebt doch endlich zu, dass ihr euch verlaufen habt«, antwortete er, um die Diskussion zu beenden.

Zu den roten Ohrläppchen röteten sich Sarahs Wangen.

»Wir haben uns nicht verlaufen!«, sagte sie verzweifelt. Sie stieß ihren Bruder in die Seite.

»Sag doch was!«, bat sie ihn fassungslos als letzte Möglichkeit, eine Kapitulation abzuwenden.

Er zögerte erst, antwortete aber:

»Ich habe den Wal gesehen und ich habe den Inuk gesehen, so wie ich dich jetzt sehe. Mehr gibt es nicht zu sagen.« Er zuckte mit den Schultern. Sarah schaute ihn verwundert an.

»Danke, du hast mir echt geholfen«, sagte sie sarkastisch zu ihrem Bruder, dann wendete sie sich wieder an ihren Vater:

»Ich werde dir schon beweisen, dass wir recht hatten.«

Wütend verließ sie den Raum. Der Vater rief ihr nach:

»Wir sind nicht hier, um uns gegenseitig etwas zu beweisen, wir haben einen Auftrag!«

Es war eine der kleinen Forschungsstationen im ewigen Eis Grönlands. Die eisigen Polarstürme hatten sie schon tief eingeschneit. Wäre sie nicht auf Stelzen gebaut worden, würde man heute den Eingang und die kleinen Fenster nicht mehr sehen. Hinter einem dieser Fenster saß Sarah und dachte nach.

»Gleich morgen früh geh ich nach Qaanaaq, der Inuit-siedlung, dort werde ich den geheimnisvollen alten Mann schon finden«, sagte sie zu sich, als sie sich schlafen legte.

Sie war müde. Nach diesem anstrengenden Tag schlief sie gleich ein, obgleich sie in den vergangenen Tagen Probleme hatte, bei Tageslicht einzuschlafen. Draußen schien die Mitternachtssonne und in der Tiefe des Polarmeeres zog der Wal seine Bahn.

Irgendetwas hatte sie aus ihrem komatösen Schlaf geweckt.

»Schon zehn Uhr!«, stellte sie aufgeregt fest, als sie den Wecker von dem kleinen Nachttisch neben ihrer Koje dicht vor ihre halb geschlossenen Augen hielt. Hastig sprang sie aus dem Bett, taumelte schlaftrunken den Gang entlang, um im Arbeitsraum anzukommen. Dort fand sie eine Notiz mit den Worten:

WIR SIND DIE MESSGERÄTE KONTROLLIEREN,
IN DER KÜCHE STEHT KAFFEE.
SORRY WEGEN GESTERN. LUCAS.

Sarah frühstückte hastig, dann zog sie die gefütterte Hose und den Parka mit der pelzumrandeten Kapuze an. Sie zog die Schneebrille über die Augen und drückte den Start-knopf des Motorschlittens. Der Weg auf dem Navi führte sie schnurgerade durch die arktische Eiswüste. Sie dachte daran, wie mühsam früher alles mit Hundeschlitten erobert wurde, jetzt aber die Technik bis in den letzten Winkel der Erde Einzug gehalten hatte. Wie beruhigend war es, da zu wissen, dass es ein traditionsbewusstes Völkchen der Inuit gab. Sie lächelte und freute sich, bald dort anzukommen.

Nach einer Stunde Fahrt sah sie Qaanaaq in der Ferne auftauchen. Qaanaaq lag an der Küste, ein verträumtes kleines Dorf der polaren Inuit.

Es herrschte ein reges Treiben vor den Hütten, alte Frauen waren damit beschäftigt, Robbenfelle zu gerben, indem sie darauf kauten, Kinder spielten vergnügt mit Schlittenhunden und die Männer arbeiteten an Netzen und Kajaks. Hier schien es eine heile Welt zu geben. Als Sarah mit ihrem Motorschlitten bei der Siedlung ankam, wurde sie aufmerksam beobachtet. Sie stellte den Motor ab und schaute sich um.

Ihr fiel ein Dorfbewohner auf, der allein vor einer Hütte stand. Sie bewegte sich auf ihn zu. Ein kleines Mädchen zog an ihrem Parka. Sie drehte sich zu ihr um.

»Hallo, wer bist du denn?«, fragte Sarah lächelnd und kniete sich zu ihr nieder. Sie verstand ihre Worte nicht, sie suchte in ihrer Jackentasche und zog etwas hervor.

»Quaq«, antwortete das kleine Mädchen grinsend. Sie meinte damit den getrockneten Fisch, den sie Sarah entgegenstreckte.

»Ein Begrüßungsgeschenk«, dachte sie und nahm den Fisch höflich nickend an. Die anderen Inuit lächelten zufrieden und fuhren mit ihren Arbeiten fort. Als sie sich wieder dem Dorfbewohner vor der Hütte zuwandte, war er verschwunden.

Sie ging zu der Behausung. Ihr fiel auf, dass sie größer war als die anderen. Die Wände zierten Robbenfelle und über dem Eingang waren Elfenbeinschnitzereien angebracht.

Sie betrat das Innere der Hütte. Der alte Mann kniete

auf einem Eisbärenfell, an der Wand hinter ihm hing ein mannshoher Kiefer eines Wals. Sie erkannte den Alten wieder und schritt langsam durch den mystisch wirkenden Raum, bis sie vor ihm stand.

Der Inuk zeigte mit offener Handfläche auf den Platz ihm gegenüber und bat sie, sich zu setzen. Sie setzte sich im Schneidersitz auf ein Fell, das vor ihm lag.

»Wie sind Sie so schnell verschwunden?«, fragte sie ihn höflich, aber mit drängender Neugier.

Der Inuk lächelte und sprach: »Nanuuk sein eins mit Land und Land mit Nanuuk.«

Sie legte die Stirn in Falten und fragte weiter: »Wieso hat der Wal Sie da rausgeholt? Ich begreife das nicht.«

Der Inuk dachte eine Weile nach, dann antwortete er: »Nur Ceeta tun so etwas, Nanuuk haben Glück. Ceeta sein schlau.«

»So ein dummes Ding, allein rauszufahren. Ich glaube, die Geschichte ist ihr zu Kopf gestiegen«, sagte der Vater und wedelte wild mit den Armen, wie er immer gestikulierte, wenn er aufgeregt war. Lucas beruhigte ihn: »Ich denke, ich weiß, wo sie ist. Ich werde gleich zu ihr fahren.«

Mit einem kräftigen Ruck zog er an der Anlasserleine und der Motorschlitten sprang an. Der Vater stand am Fenster, die linke Hand in der Hosentasche, in der anderen eine Tasse Kaffee: Er sah ihm nach.

Lucas fuhr schnell, er hatte Spaß. Ein paar Mal schanzte er über Schneewehen. Der Schlitten hob ab und schlug krachend auf dem Eis auf. Eissplitter stoben rechts und links des Fahrzeugs in die Luft. Etwas schlingernd zog es bei gleichbleibender Geschwindigkeit weiter seine Spur in das Eis.

In Qaanaaq angekommen, sah er ihren Motorschlitten

stehen. Er stellte sein Fahrzeug neben ihr Gefährt und stieg ab. Er fragte einen Dorfbewohner nach Sarah. Der Mann deutete auf die letzte Hütte der Siedlung. Er lief zu der Behausung, blieb am Eingang stehen und rief hinein: »Hallo, Sarah! Bist du da drinnen?«

Sie kam heraus.

»Vater ist nicht erfreut über deine Aktion«, sagte er. Sie winkte ab und antwortete aufgeregt: »Ich habe wahnsinnige Neuigkeiten, es handelt sich um diesen Wal, ich werde ihn finden.«

Er schob seine Schneebrille hoch und antwortete: »Ich erinnere mich, wie du als kleines Mädchen einen Goldfisch aus der Zoohandlung befreit hast und ihn im Teich des Stadtparks ausgesetzt hast. Jetzt ist schon ein Wal daraus geworden. Ich gestehe, du hast dich gesteigert.«

Er hatte das letzte Wort gesprochen, da landete eine gezielte Ladung Schnee in seinem Gesicht. Ein paar Inuitkinder, die den beiden zusahen, lachten lauthals.

»So, nimm das und jetzt hör mir mal zu, der alte Inuk hat mir einiges erzählt«, sagte sie mit ernster Miene. Er wischte sich den Schnee aus dem Gesicht und hörte benommen zu.

»Er heißt Nanuuk und ist so eine Art Häuptling oder Ältester im Jagdrat. Dieser überwacht die Traditionen, der sich alle Jäger verpflichten, um die Tierbestände für kommende Generationen zu sichern. Er berichtete von einem Wal, den sie nicht töten, da er für sie ein heiliges Tier ist. Genau diesen Wal haben wir gesehen. Sie nennen ihn Ceeta«, erzählte sie voller Begeisterung.

»Junge Leute so viel reden, draußen kalt«, unterbrach Nanuuk, der in der Tür stand und sie mit seinen Händen winkend hereinbat. Gastfreundlich, wie die Inuit waren, hatte er etwas zu essen auf den Tisch gestellt, der vor der

Kochstelle platziert war. Die beiden setzten sich auf die mit Robbenfell überzogenen Holzstühle.

»Hier! – Essen sein gut«, sagte Nanuuk und deutete auf den Kiviaq, eine Delikatesse der Inuit. Sie wird zubereitet, indem man den kleinen Seevogel Dovkie in eine Robbenhaut wickelt und sechs Monate unter einen Stein legt. Lucas hatte schon einmal von diesem kulinarischen Abenteuer gehört und hielt sich zurück. Sarah griff zu.

»Oh, Hühnchen. Ich habe schon lange keines mehr gegessen«, sagte sie und aß ein großes Stück davon. Lucas schluckte trocken und biss sich auf die Lippen, fest entschlossen, ihr nicht zu sagen, was sie da gegessen hatte.

»Junge wollen nicht essen?«, fragte Nanuuk freundlich lächelnd.

Lucas schob die Schale beiseite und meinte:

»Nein danke. Ich habe keinen Hunger. Reden wir über Ceeta.«

»Ceeta sein Anführer von große Walschule. Nanuuk kennen Ceeta schon lange«, antwortete er und biss in ein Stück Kiviaq. Sarah wunderte sich, es war nicht gewöhnlich, dass eine Walschule einen Anführer hat. Umso mehr interessierte sie dieser Wal.

»Wie finden wir die Walschule?«, fragte Sarah und hob sich die Hand vor den Mund, weil sie aufstieß, denn das angefaulte Fleisch forderte seinen Tribut.

Der Inuk lächelte Sarah an und antwortete: »Nanuuk kommen mit euch.«

Einige Tage später fanden sich Sarah, Lucas und Nanuuk auf der Polaris wieder. Der Kapitän des fünfzehn Meter langen Trawlers kannte Nanuuk schon seit Ewigkeiten. Der alte Seemann stand Pfeife rauchend am Ruder und beobachtete mit faltigen Augen den Horizont. Das Schiff schwankte bei diesem Seegang beängstigend, aber die Polaris und ihr Kapitän hatten schon viele Stürme gemeistert. Unbeirrt steuerte er das Schiff durch die bewegte See.

»Wal steuerbord voraus!«, schrie Lucas, der hoch oben auf dem Ausguck über den Wellen schwankte. Kapitän Reimund drehte bei und pirschte sich vorsichtig an den vorausschwimmenden Wal an. Sie kamen immer näher. Sarah hing mit einem klobigen Teleobjektiv bewaffnet über der Reling. Sie kniff ein Auge zu, um durch den Sucher der Kamera zu schauen. Sie hatte Mühe, das Schaukeln des Schiffes auszugleichen. Endlich hatte sie den Wal im Bild. Sie erkannte, dass es nicht Ceeta war.

»Abdrehen! Das ist er nicht. Ich sehe keine Kerben auf seinem Rücken«, rief sie enttäuscht.

Man sah die Resignation in ihren Gesichtern. Sie waren zwei Tage auf See und die Zeit verstrich. »Eine Woche«, hatte ihr Vater mit erhobenem Zeigefinger gesagt. Sarah hatte ihm Nanuuk vorgestellt und damit bewiesen, dass die Geschichte nicht erfunden war. Dennoch gab ihnen ihr Vater nur widerwillig seine Zustimmung. Sarah verstand sein Verhalten nicht. Er war doch immer auf ihrer Seite gewesen. Sie dachte an den Streit mit ihm. Da sie schon einen Teil bewiesen hatte, bestand die restliche Aufgabe darin, diesen Wal zu studieren. Alles würde wieder wie früher sein und der Streit wäre vergessen. Aber dessen ungeachtet, erweckte der Wal ihren Forschergeist. Der Wal hatte dem Inuk geholfen. Sie brannte darauf, das Sozialverhalten des Tieres zu erforschen. Mit lauten Schlägen zerbarsten kleinere Eisschollen am Bug der Polaris. Es war Mitte April, trotzdem durchzog die Baffin Bay ein weiter Eisgürtel, der nicht gewillt war, dem Frühling zu weichen. Nanuuk stand an Deck und ließ sich die Mitternachtssonne ins Gesicht scheinen. Er wusste, dass er Ceeta finden würde.

Die Polaris steuerte exakt auf dem siebzigsten Breitengrad. Nanuuk meinte, dass der Wal auf diesem Kurs anzutreffen sei. Die See beruhigte sich zunehmend. Der eisige Wind hatte etwas nachgelassen und von Zeit zu Zeit sah man Eisberge in den unterschiedlichsten Formen vorbeiziehen. Am Horizont tauchte ein Möwenschwarm auf, der über einem Punkt zu kreisen schien. Nanuuk begab sich zum Bug und schaute starr zu der Stelle.

»Ist das Ceeta?«, fragte Sarah, während sie den Sender einschaltete, um ihn an der Harpune zu befestigen. Lucas gab Kapitän Reimund ein Zeichen, seinen Kurs zu ändern. Sie näherten sich den Möwen. Wie aus dem Nichts formte sich ein schwarzer Buckel auf dem Wasser. Eine meterhohe Fontäne zischte aus dem Blasloch. Der Wal lag regungslos vor ihnen in der See, als wolle er sagen: »Hier bin ich.« Als sie nahe genug waren, um einen Sender mittels einer kleinen Harpune zu befestigen, senkte sich der massige Körper in die Tiefe und die Fluke winkte wie zum Abschied. Kapitän Reimund stellte sofort die Maschinen ab. Sarah legte die Harpune auf das Deck und rannte zur Reling, an der das Hydrophon befestigt war. Sie senkte es auf zehn Meter Tiefe, setzte den Kopfhörer auf und drückte die Aufnahmetaste. Jetzt herrschte Stille an Bord. Ein Buckelwal ist fähig, bis zu einer halben Stunde unter Wasser zu bleiben. Danach benötigt er Sauerstoff, um nicht zu ertrinken. Die Frage war nicht wann, sondern wo er wieder auftauchen würde.

»Ich höre ihn«, sagte Sarah über das Handfunkgerät zu ihrem Bruder. Lucas initiierte die Algorithmen zur grafischen Darstellung der Tonfrequenzen. Seine Finger flogen über die Tastatur wie die eines Virtuosen auf dem Klavier und auf den Monitoren sah man Tabellen entstehen, welche die Töne in verschiedenen Wellenmustern darstellten.

Man sah ein Leuchten in den Augen, so wie immer, wenn er am Computer saß. Es war seine Welt der Einsen und Nullen, die zu ihm sprachen und ihn inspirierten. Durch den Lautsprecher hörte man ein langanhaltendes Knacken, dann ein tiefes Brummen gefolgt von Pfeiftönen, die durch sämtliche Oktaven jagten.

»Es ist der Gesang eines Buckelwals, die Tonfrequenzkurven sind identisch«, sagte Lucas über das Funkgerät und staunte über diese Vielzahl von Tönen.

»Wenn man fähig wäre, die überdurchschnittlich zahlreichen Tonvariationen als Sprache zu übersetzen, was könnten wir alles von ihnen erfahren?«, dachte er bei sich. Ein ohrenbetäubender hochfrequenter Ton, dem der Lautsprecher nicht gewachsen war, beendete das Konzert.

»Ich habe ihn verloren«, funkte Sarah und hastete in die Kabine zum Unterwasserradar, wo Lucas an den Monitoren arbeitete.

»Er ist verschwunden«, stellte sie fest, als sie die leere Fläche auf dem Bildschirm sah.

Enttäuscht sah sie ihren Bruder an. Er war kreidebleich und schaute mit starrem Blick über ihre Schultern zum Bullauge hin. Sie drehte sich langsam um, währenddessen polterte Kapitän Reimund die Treppe herunter und schrie aufgeregt:

»Sowas hab ich noch nie gesehen! Beim Klabautermann!«

Ein Auge, so groß wie das Bullauge selbst, starrte die drei in der Kabine an. Die drei hasteten nach draußen. Ceeta schwamm mit der Hälfte seines Körpers aus dem Wasser, sodass er durch das Bullauge sah. Nanuuk stand am Bug, hob die Arme und summte eine mystisch klingende Melodie.

Ceeta drehte sich zu den dreien auf Deck. Sarah näherte sich ihm. Der Wal war so dicht am Schiff, dass sie ihn mit der Hand berührte. Sie spürte die Energie und ein überwältigendes Glücksgefühl, während sie ihre Hand auf die lederne Haut des Tieres legte.

»Sarah! Pass auf!«, schrie Lucas. Ihm wurde bewusst, dass ein so großer Wal für die Polaris eine nicht zu verachtende Gefahr darstellte.

»Ach, Unsinn! Komm her! Er lässt sich streicheln und ich glaube, das gefällt ihm«, sagte Sarah und winkte ihren Bruder fordernd mit der Hand herbei. Er bewegte sich zögernd auf sie zu, wobei er skeptisch den Wal im Auge behielt. Es roch nach Algen und Salz. Wasser, das durch die Barten des Wals lief, plätscherte wie kleine Gebirgsbäche ins Meer. Etwas zögerlich stellte er sich neben Sarah, dann rieb er mit der Hand die raue mit Muscheln bedeckte Haut des Wals. Ein Glücksgefühl übermannte seine Angst. Nach einer Weile ließ sich Ceeta langsam auf dem Rücken ins Meer gleiten, drehte sich und tauchte majestätisch in die Tiefe des eisigen Polarmeeres. Am Himmel kreiste der Schwarm Möwen. Sarah löste sich als Erste aus dem verträumten Staunen, in dem die drei einige Minuten verharrten. Nanuuk summte diese Melodie. Ein mystisch klingender Basston mit einem schwebenden Pfeifen, ähnlich dem Klang einer Flöte, schickte er über die See.

»Jetzt haben wir den Sender nicht angebracht. Das kostet uns einige Tage«, sagte Sarah erschrocken und setzte sich auf einen Haufen Leinen.

»Es geben noch Möglichkeit«, sagte Nanuuk und rieb sich am Kinn. Sarah stand auf und wäre fast auf dem gefrorenen Deck ausgerutscht. Lucas und Kapitän Reimund sahen den Inuk erwartungsvoll an.

»Plankton«, gab er zur Antwort.

»Was meinst du mit Plankton? Sollen wir etwa eine Tonne Plankton an eine Angel hängen und warten, bis er anbeißt?«, fragte Lucas ironisch. Sarah und der Kapitän wussten, worauf er anspielte. Nanuuk biss in ein Stück getrockneten Fisch, bevor er weiterredete:

»Vor Baffin-Insel viel Plankton, sein Futterplatz von Wale«, antwortete er kauend.

Er sah die drei freundlich lächelnd an. Lucas schämte sich ein bisschen wegen seiner voreiligen Auslegung auf Nanuuks Vorschlag. Kapitän Reimund nahm die Seekarte zur Hand und berechnete den Kurs zur Baffin-Insel. Wenige Augenblicke später nahm die Polaris Kurs dorthin. Sarah und Lucas begaben sich in den Kontrollraum, um Echolot und die Computer neu einzustellen. Nanuuk ließ sich nicht davon abhalten, trotz der Kälte am Bug Ausschau zu halten. Seine Augenbrauen und Wimpern waren schon mit kleinen Eisklümpchen übersät.

Nach zwei Stunden Fahrt erreichten sie die Baffin-Insel. Sie sahen Wale, viele Wale. Die zahlreichen Fontänen glichen der Skyline einer Industriestadt. Über einem der Wale kreiste wieder ein Schwarm Möwen. Sarah schaute durch das Objektiv ihrer Kamera, die sie stets an einem Gurt umgehängt hatte.

»Das ist unser Freund!« Sie zog mit dem Gurt die Kamera nach hinten, sodass sie an ihrer Hüfte hing, und griff zur Harpune. Kapitän Reimund hatte es ebenfalls bemerkt und steuerte auf die besagte Stelle zu. Steuerbord und backbord schwammen Wale. Sie waren förmlich umringt von ihnen. Ceeta lag genau vor ihrem Bug. Vorsichtig, um keines der Tiere zu verletzen, bahnte sich die Polaris ihren Weg durch die Herde Wale.

Plötzlich hörte man ein schneidendes Surren und eine kleine Harpune bohrte sich, gleich einem Nadelstich, in Ceetas Fleisch. Diesmal ließ Sarah ihn nicht entkommen. Nanuuk nickte zustimmend und Lucas applaudierte.

»Jetzt sind wir in der Lage, sein Verhalten zu beobachten«, meinte sie. Nanuuk nahm beide Arme hoch und summte mit geschlossenen Augen wieder diese Melodie. Ceeta drehte bei, er schwamm auf die Polaris zu und tauchte unter ihr hindurch. Er kam am Heck des Schiffes wieder an die Oberfläche und atmete mit einer riesigen Wasserfontäne aus, um anschließend Luft zu holen. Dann sah man seine imposante Fluke. Sie ist bei jedem Wal unterschiedlich, wie ein Fingerabdruck, dadurch hat man die Möglichkeit, die Tiere wiederzuerkennen. Ceetas Fluke war an der unteren Seite vollkommen weiß. Sarah gelang es, davon ein paar Fotos zu schießen, bevor er abtauchte. Er reckte die Fluke steil nach oben, ein Zeichen dafür, dass der Wal in größere Tiefe zu gelangen suchte, dann verschwand er im Dunkel der See.

Nach und nach sah man die anderen Wale abtauchen, als ob sie Ceeta folgten.

»Nanuuk, warum hat er so stillgehalten?«, fragte Sarah, die eine heftigere Reaktion des Tieres erwartet hatte.

»Ceeta spüren ihr gute Menschen!«, antwortete er.

»Du meinst, er unterscheidet zwischen Gut und Böse?«, erwiderte sie und legte das Harpunengewehr in einen Koffer. Sie zog sich wieder ihre dicken Fäustlinge an.

»Menschen sein nicht die Einzigen, die Entscheidungen treffen«, antwortete Nanuuk, lächelte, deutete eine Verneigung an und begab sich in seine Kabine. Sie schaute ihm nachdenklich hinterher.

»Er weiß mehr, als er uns gesagt hat«, dachte sie.

»Sarah, sieh dir das mal an!«, hörte sie von unten rufen. Lucas war, als Ceeta tauchte, in den Kontrollraum gegangen, um weitere Grafiken von Ceetas Gesang zu erstellen. Sie verwarf ihre Gedanken, außerdem war ihr kalt. Über das Vordeck gelangte sie zu ihrem Bruder. Als sie in die Kabine kam, fing er gleich an zu erzählen:

»Der Anfang des Gesangs ist mit den ersten Aufzeichnungen identisch, aber sieh mal hier!«, sagte er euphorisch und deutete mit dem Finger auf den Monitor.

»Wo denn? Was meinst du?«, fragte sie verwirrt und versuchte vergeblich, in dem Gewirr von bunten Linien und Daten etwas zu entziffern.

»Na, sieh doch! Der Anfang ist gleich und hier eine Abweichung«, sagte er aufgeregt.

»Ja, stimmt. Normalerweise haben die unterschiedlichen Walschulen ihre eigenen Gesänge, die sie über Generationen weitergeben. Jede Melodie enthält eine Ergänzung«, antwortete sie, ohne zu wissen, worauf er hinauswollte.

»Genau! – Wir haben hier innerhalb kürzester Zeit eine neue Tonvariante. So etwas wurde bisher nie aufgezeichnet«, erklärte er. Sarah sah ihren Bruder ungläubig an.

»Mit dieser außergewöhnlichen Tonvariation bin ich in der Lage, einen Algorithmus zu programmieren, der die Töne in ihren verschiedenen Variationen aufschlüsselt und Wortlauten zuordnet.« Er hielt inne und rieb sich am Kinn.

»Das wäre ein Beweis dafür, dass Wale eine Sprache haben, „ich meine, sie reden so wie wir«, erklärte er und rieb sich abermals am Kinn. Er sah die Herausforderung und sagte entschlossen: »Ich werde diesen Algorithmus schreiben, der die Walgesänge entschlüsselt und unser Wal ist genau der richtige Sänger.«

»Wenn dir das gelingt, wäre das ein wissenschaftlicher Durchbruch«, antworte sie mit einem strahlenden Lächeln, das in ein leichtes Stirnrunzeln wechselte, als sie dabei wieder an ihren Vater und das Erlebnis mit Nanuuk dachte. Sarah nahm sich eine Tasse Kaffee aus der Thermoskanne. Sie trank einen Schluck und schaute nachdenklich in den Raum.

»Was starrst du so?«, fragte Lucas.

»Ich dachte wieder daran, wie Nanuuk reagierte, als Ceeta auftauchte. Diese Melodie und wie er dastand«, antwortete sie.

»Das werden irgendwelche Rituale sein. Ich habe schon von diesem Aberglauben und Schamanismus gehört«, erwiderte Lucas, während er sich seinen Tabellen zuwendete.

»Nein, irgendetwas verbindet die beiden«, merkte sie an, trank den Kaffee und sah aus dem Bullauge auf die geheimnisvolle See.

In den nächsten Tagen blieben sie Ceeta, dank des Senders, dicht auf den Fersen. Kapitän Reimund navigierte so gut, dass er dem Wal keine Seemeile schenkte. Im Großen und Ganzen verlief diese kleine Exkursion ergiebig und ruhig.

»Mir fällt es schwer, ruhig zu bleiben, wenn ihr eure Zeit verschwendet«, sagte ihr Vater wild gestikulierend mit lauter Stimme.

»Schau dir doch die Daten genauer an! Verstehst du denn nicht, was wir damit bewirken könnten? Wir werden einen globalen Fangstopp bei der Walfangkommission durchsetzen. Die Wale würden als indigenes Volk eingestuft«, antwortete Sarah unbeirrt. Sie hielt ihm die Mappe mit den wissenschaftlichen Daten unter die Nase. Er schob sie beiseite. Er sah seine Tochter dabei mit ernster Miene an, sie glaubte etwas anderes in diesem Blick zu erkennen, verborgen in den Stirnfalten schimmerte Besorgnis hervor. Etwas bedrückte ihn und sie war nicht in der Lage, es zu deuten.

»Erinnerst du dich, wofür wir bezahlt werden? Ich habe jetzt eine Woche allein die Wetterdaten abgelesen und bin ohne Lucas mit den Computerauswertungen im Rückstand. Du durftest nur herkommen, um deine Tierbeobachtungen in Reichweite der Station durchzuführen. Von Walen war nie die Rede«, unterbrach er diesen Moment.

»Du hast aber alle Daten schon übertragen«, sagte Lucas, der sich gleich an die Computer gesetzt hatte und die Programme eingab, um nachzuschauen, welche Arbeiten zu verrichten waren.

»Ja, das ist aber nicht mein Verdienst«, antwortete der Vater mürrisch. Wie auf ein Stichwort betraten eine Frau Mitte vierzig mit kurzem gelocktem blondem Haar und ein etwas älterer Mann mit Glatze und grauem Vollbart den Raum.

»Das sind Doktor Mathilde Trautman aus Berlin und Professor Doktor Janssen von der Universität Hamburg«, sagte er. Sarah und Lucas standen mit offenem Mund da.

»Ich habe sie angefordert, da ihr keine verlässliche Arbeit mehr leistet. Der Helikopter ist schon unterwegs, um euch abzuholen, packt eure Sachen«, fuhr er fort, während er sich umdrehte und aus dem halb zugefrorenen Fenster schaute. Er war nicht fähig, in die Gesichter seiner beiden Kinder zu sehen. Diese Entscheidung war ihm nicht leichtgefallen und er wusste, dass sie ihn nicht verstanden.

»Es ist besser so«, dachte er. Die beiden ahnten nicht, was hinter alldem steckte.

Sarah fühlte sich verraten, sie war den Tränen nahe. Sie verstand nicht, dass er dazu fähig war. Es war für sie demütigend. Draußen hörte man den Helikopter landen.

Sarah sprach kein Wort mehr, sie packte hastig ihren Seesack. Lucas verstand die Welt nicht mehr. Er erkannte seinen Vater nicht wieder. Er fand keine Erklärung für diesen Sinneswandel. Er hatte sich nicht dagegen gewehrt, da er den entschlossenen Gesichtsausdruck sah, der für gewöhnlich keine Diskussion zuließ.

»Ein paar Monate Trennung, bis Gras über die Sache gewachsen ist, sind hilfreich«, dachte er.

»Det tut mir aber leid, Meedchen, ick hab nich jewusst, dass se dich rausschmeißen«, sagte Mathilde Trautman, die in der Tür der Kabine stand, mitleidsvoll. Sarah schluckte ihre Wut herunter. Sie bekam keinen Ton heraus, schulterte ihren Seesack und schritt wortlos an ihr vorbei.

»Nichts wie raus hier«, dachte sie. Ein Gefühl von Heimweh überkam sie. Ein Schnen nach vertrauter Umgebung, obgleich etwas herausgerissen wurde. Die Rotorblätter wirbelten eine weiße Wolke schillernder Eiskristalle auf. Die beiden kletterten in geduckter Haltung in den Helikopter. Sie flogen zu dem Luftwaffenstützpunkt in Thule, von dort aus gelangten sie mit einer Chartermaschine der D.F.F.G. zum Flughafen Frankfurt. George, der Hausverwalter und Mädchen für alles, holte die beiden ab. Sie kannten ihn seit ihrer Kindheit, er hatte sich schon immer um das Haus gekümmert und nicht nur um das Haus. Für sie war er wie ein Vater. Er wurde angestellt, als die beiden Kleinkinder waren, und hatte sie gleich ins Herz geschlossen und sie ihn.

»Hattet ihr einen angenehmen Flug?«, fragte George mit lächelndem Gesicht.

Er nahm die Koffer und stellte sie auf den mitgebrachten Kofferwagen. Er richtete sich auf und hielt sich eine Hand an den Rücken. Die Jahre waren nicht spurlos an ihm vorübergegangen.

»Ja, aber die Umstände nicht«, antwortete Lucas. Sarah schwieg. Auf der ganzen Reise hatte sie nur wenig gesprochen. Lucas, der die angestrengte Geste von George bemerkt hatte, schob den Kofferwagen. Er lief neben ihm und sagte betroffen:

»Oh ja, ich erhielt eine E-Mail von eurem Vater. Darin war einiges angedeutet. Ist es denn so furchtbar?« Er schaute fragend Sarah nach und war fast ein bisschen gekränkt, da sie ihn nicht wie früher herzlich begrüßt hatte.

In der großen Empfangshalle herrschte hektisches Treiben.
Die drei bahnten sich ihren Weg durch die kreuz und quer
laufenden Menschen. Ein langes Laufband führte sie zu
dem Parkhaus, in dem George den Wagen abgestellt hatte.
Beim Beladen des Kombis ließ er Sarah, die ihr Schwei-
gen beibehielt, in Frieden. Er kannte dieses Verhalten von
früher. Damals, als sie klein war, bestand sie darauf, ein
Krokodil, das sie im Zoo gesehen hatte, mit nach Hause
zu nehmen. Danach sprach sie tagelang kein Wort mehr.
George lenkte den Wagen durch die Innenstadt Richtung
Frankfurt-West. Sarah und Lucas hatten die Hektik einer
Großstadt fast vergessen. Sie schauten interessiert aus den
Wagenfenstern. Unweigerlich verglich Lucas die hastig he-
rumlaufenden Menschen auf den Straßen und Plätzen mit
einer Kolonie schnatternder Königspinguine. Jetzt wurden
die Häuser weniger und sie gelangten in die Außenbezirke
Frankfurts, die Wege waren sauberer und die Gebäude vor-
nehmer. George hielt vor einem großen Tor und drückte
einen Sender. Es öffnete sich automatisch. Dahinter führte
ein gerader Weg zum Hauseingang. Er stellte den Kombi
direkt vor den Stufen ab.

»Willkommen daheim!«, sagte er. Er stieg aus und öffnete Sarah galant die Wagentür. Sie nickte kurz dankend.
Als sie aus dem Wagen gestiegen war, schaute sie nachdenklich auf das Haus. Hier waren sie aufgewachsen.
Das Haus ihrer Eltern stand inmitten einer grünen Oase.
Links und rechts der mit sandfarbenen Knochensteinen
gepflasterten Auffahrt wuchsen Rosenbüsche auf einem
gepflegten englischen Rasen. Vater hatte mit seinen Ent-
deckungen als Wissenschaftler reichlich verdient. »Warum
hilft er mir nicht?«, dachte sie und lief ins Haus. Sie stieg
die lange geschwungene Treppe hinauf. Ihr Zimmer war
so eingerichtet, wie sie es für das Meeresbiologiestudium

verlassen hatte. Damals hatte sie ihre Sachen in den großen Backpacker-Rucksack gepackt und sich auf nach Hamburg gemacht, um dort in der Universität für Meeresforschung zu studieren. Es war ihr wichtig, es aus eigener Kraft zu finanzieren. Um Geld für ihr Studium zu bekommen, fuhr sie auf Fähren und Schiffsrundfahrten mit, um den Touristen Auskünfte über die Bewohner der Meere zu geben. Sie spezialisierte sich auf Delfine, die zu der Gattung der Wale gehören. Ihre Liebe zum Meer und zu diesen Tieren wuchs von Tag zu Tag.

In ihrem Zimmer warf sie sich auf ihr Bett und weinte. Jetzt, wo sie allein war, legte sie den Mantel der starken Frau ab und ließ sich fallen. Vater hatte Sarah und Lucas immer wieder versprochen, sie mit auf die Station in der Arktis zu nehmen. Jetzt hatte er es wahrgemacht und es musste so enden. Es war unvorstellbar und für Sarah unerklärlich. Lag es daran, dass sie sich lange nicht gesehen hatten? Konnte er sich so verändern? Ihre Gedanken kreisten, sodass es ihr schwindelig wurde. Frust und Enttäuschung zehrten an ihrer Kraft. Sie lag da und gab der Erschöpfung nach, sie schlief ein.

»Ich habe sie vollgetankt und poliert, ich dachte, du hättest Lust«, sagte George lächelnd zu Lucas.

»George, du bist ein Hellseher!«, antwortete er mit einem breiten Grinsen und lief zu dem kleinen Schuppen. Er öffnete die Tür. Da stand sie, eine chromblitzende Harley Davidson. Er liebte sie über alles. Zu seinem achtzehnten Geburtstag hatte er sie von Vater geschenkt bekommen. Er erinnerte sich an diesen Tag, als wäre es gestern gewesen!

Vater hatte ihn morgens aus dem Schlaf geholt und gefragt, ob er nicht sein Geschenk auspacken wolle. Lucas feierte nicht gern Geburtstag und hatte nicht erwartet, geweckt zu werden. Müde trottete er im Bademantel hinter seinem Vater her. Unten an der Treppe standen Mutter und Sarah. Er sah, dass sie das Wohnzimmer geschmückt hatten. Sie waren schon früh aufgestanden, um alles so herzurichten. Sie sangen Happy Birthday und führten ihn durch das mit bunten Ballons und Girlanden ausstaffierte Zimmer über den Flur hinaus vor die Haustür. Er traute seinen Augen nicht. Es war total verrückt, dort stand eine nagelneue Harley. Ein Anmeldeformular zum Motorradführerschein bekam er ebenfalls dazu. Er war überrascht und fand keine Worte. Gewiss, er hatte schon einige Male von einer Harley geschwärmt, aber dass er sie so schnell bekommen würde, hätte er sich nicht träumen lassen. Bis zu dem Tag der Fahrprüfung fuhr er mit ihr auf dem Grundstück. Es war ein großartiges Gefühl, als er die Prüfung bestanden hatte und das erste Mal auf der Straße fuhr. Er liebte das Motorradfahren. Es gab ihm ein Gefühl von Freiheit. Die Maschine war trotz ihrer sieben Jahre in erstklassigem Zustand, was der Pflege von George zu verdanken war. Andächtig zog Lucas den Helm und die Brille an und mit einem kräftigen Tritt sprang der Motor dumpf röhrend an. Er fuhr auf der Landstraße, alles blühte und die Sonne schien warm vom Himmel. Ein Gefühl der Freiheit durchzog ihn. Die Gedanken wurden klar verbunden mit der Leichtigkeit des Seins.

»Ich finde einen Weg, um ihr zu helfen«, murmelte er in das Brummen des V-Zylinders. Der Beruf Meeresbiologin war für Sarah eine Passion. Sie liebte die Vielfalt der Meerestiere und wenn es eine Möglichkeit gab, eine Art zu schützen, war dies für sie wichtig. Außerdem wusste er, dass er es nicht lange hier aushalten würde, bis ihn das Fernweh packte. Er bog rechts in einen Feldweg, der in der Straße zum Haus mündete. Lucas lenkte die Harley die Auffahrt entlang, als er den Wagen seiner Mutter sah.

Er freute sich darauf, sie wiederzusehen, und lief ins Haus. Sie saß mit Sarah im Wohnzimmer.

»Ich habe sie seit Monaten nicht mehr gesehen«, dachte er. Sie ähnelte Sarah. Ihr sympathisches Gesicht, ihre dunklen Haare, die zu einem Pferdeschwanz gebunden waren, und das Engagement, wenn es etwas war, das ihr am Herzen lag. Sie wirkte jung, Sarah und sie wurden schon öfter für Schwestern gehalten.

»Hallo, Mama! Hat Sarah dir alles erzählt?«, fragte er und legte den Motorradhelm auf die Kommode. Sie stand auf und umarmte Lucas.

»Hallo, mein Junge, ich freue mich, dich zu sehen. Ja, sie hat es mir erzählt. Ich verstehe euren Vater nicht«, antwortete sie.

»Wir waren so nahe daran, etwas zu entdecken, doch er hat es uns nicht gegönnt und jetzt war die ganze Arbeit umsonst«, sagte Sarah vorwurfsvoll mit einem Anflug von Resignation, was so gar nicht ihre Art war.

»Jetzt gib nicht gleich auf, Schwesterchen. Ich werde erst einmal die gesammelten Daten auswerten. Wir hätten die Möglichkeit auf eine finanzielle Unterstützung der Deutschen Forschungsförderungsgesellschaft.«

Sie sah ihren Bruder begeistert an.

»Das ist eine geniale Idee! Daran habe ich gar nicht gedacht. Lass uns gleich damit anfangen«, erwiderte Sarah euphorisch.

»Nur die Ruhe. Erstens habe ich Mutter schon lange nicht mehr gesehen und zweitens knurrt mein Magen. Lass uns zusammen essen«, antwortete Lucas und rieb sich den Bauch. George hatte den Kühlschrank mit den verschiedensten Speisen gefüllt, sodass von allem genügend vorhanden war. Die drei hatten einen gemütlichen Abend. Sie erzählten sich und Sarah hatte ihr Lächeln wiedergefunden.

Das Wochenende war vorbei. Linda war früh aufgestanden, um zu ihrer Arztpraxis zu fahren. Auf der Fahrt dorthin erinnerte sie sich daran, wie sie ihren Mann kennengelernt hatte. Damals kam sie ins Behandlungszimmer und er saß fast zitternd auf der Liege. Er bräuchte keine Tetanusspritze, hatte er selbst diagnostiziert. Sie beruhigte ihn und überzeugte ihn von der Notwendigkeit der Impfung. Er ließ es nur unter der Bedingung zu, dass er sie zum Essen einladen dürfe. Sie willigte ein, nachdem sie sich tief in die Augen geschaut hatten und keiner von ihnen den Blick abgewendet hatte. Schmunzelnd dachte sie daran, wie er an dem Abend verkrampft am Tisch saß. Nicht weil er nervös war, sondern wegen der Spritze, die sein Hinterteil lädiert hatte, da er sich beim Auftreffen der Nadel verkrampfte. Als Wiedergutmachung lud sie ihn am nächsten Abend zu diesem Essen ein. Dabei sprang der Funke über.

»Ich liebe ihn genauso wie damals«, dachte sie und schaute gedankenverloren durch die Wagenfenster. Jemand hupte ungeduldig, da die Ampel auf Grün gesprungen war. Die Reifen quietschten etwas, als sie die Kupplung zu schnell kommen ließ.

»Ich verstehe ihn nicht, er hat sich so darüber gefreut, dass die beiden mit auf die Station kamen. Ich werde ihm schreiben.« Sie griff fest in das Lenkrad und fuhr eilig den Rest des Weges durch die Straßen des Außenbezirks. Als sie die Praxis erreichte, parkte sie den Wagen vor dem kleinen blauen Blechschild mit der Aufschrift: DR. L. GOLD-STROM. In ihrem Büro im zweiten Stock des alten Gebäudes angekommen, war eine halbe Stunde Zeit bis zum Beginn der Sprechstunde. Sie setzte sich an einen weißen Schreibtisch, der in der Mitte des Raumes auf einem blauen Teppich stand. Sie klappte ihren Laptop auf und fing an zu tippen.

Während Lucas fleißig an den Auswertungen der Tonfrequenzkurven arbeitete, besuchte Sarah einige Vorlesungen an der Uni, um ihr Wissen über Meeressäuger zu erweitern. Sie wusste, dass Wale keine Fische waren, da sie ihre Jungen säugten. Dass sie Luft zum Atmen brauchten. Sie kannte fast alle Arten und hatte schon etwas über ihr Sozialverhalten gehört. Aber sie hatte sich bisher ausgiebig mit den kleineren Lebewesen der Meere befasst und die Biologie der großen Meeressäuger oberflächlich gehalten. Gleich am ersten Tag in der Uni merkte sie, wie beachtenswert diese Gattung war. Der Professor, der die Vorlesung hielt, war pessimistisch eingestellt, was den Fortbestand der Meeressäuger betraf. Er sprach immer in der Vergangenheit von den Walen. Dies verlieh seiner Meinung Ausdruck, dass die Wale mittlerweile so dezimiert waren, wodurch eine Erholung der Bestände ausgeschlossen sei. »Der zunehmende Schiffsverkehr von immer größer werdenden Schiffen, verbunden mit dem Geräusch der Schrauben, das den Tieren die Orientierung raubt. Dasselbe gilt für Stromkabel auf dem Meeresboden. Unzählige Tonnen von Plastikmüll und nicht zuletzt der Walfang, den einige Länder bis heute noch betreiben. All das gefährdet die Bestände.« Er trauerte schon jetzt um sie und schwärmte verträumt von dem größten Tier, das je auf dieser Erde gelebt hat. »Das Tier, das erreicht hat, was wir zu erreichen suchten, im vollkommenen Einklang mit der Natur zu leben. Als ein Teil des Ökosystems, seiner Umwelt angepasst, ohne sie zu zerstören.« Nach einem Moment des Schweigens fügte er hinzu: »Wenn wir mit den Walen sprechen könnten, würden sie uns das bestätigen. Davon bin ich überzeugt.«

Sarah bekam eine Gänsehaut. Genau das wollte sie erreichen. Sollte sie es ihm sagen? Der Professor redete weiter und kam zu dem unschöneren Teil, der dazu geführt hatte, die Wale so zu dezimieren. Eine Epoche, in der Mensch und Wal sich begegneten, aber leider nicht friedlich. Anfänglich war der Wal die Hauptnahrungsquelle der indigenen Völker. Sie jagten ihn in ihren kleinen Kajaks und achteten darauf, nicht mehr zu töten, als sie zum Leben brauchten. Der Glaube an den Segen der Ahnen und der Dank an das getötete Tier, das sich für sie opferte, gingen damit einher. Bis Anfang des zwanzigsten Jahrhunderts nutzte man den Tran als Lampenöl. In unzähligen Straßenlaternen in den sich ausbreitenden Städten brannte das Öl. Im Zeitalter der Industrialisierung, Anfang des zwanzigsten Jahrhunderts, fand man heraus, dass der Tran der Tiere als industrieller Grundstoff nutzbar war. Der Walfang war profitabel geworden und die Quelle schien unerschöpflich. Die Boote, die hinter den Walen herjagten, wurden größer und die Harpunen schärfer. Die Aussicht auf hohe Fangprämien veranlassten die Kapitäne der Schiffe, keine Gnade mit den Tieren zu haben. Im späten zwanzigsten Jahrhundert wurde neben dem Tran das Walfleisch als Nahrungsmittel genutzt. Die ansteigende Nachfrage führte dazu, dass viele Walarten vom Aussterben bedroht sind. Heute braucht man das Öl der Meeressäuger nicht mehr. Das Fleisch als Nahrungsmittel ist nicht mehr so gefragt. Somit ist die Jagd auf die Tiere nicht mehr notwendig. Bis heute werden die Wale nicht mehr so zahlreich gejagt und die Bestände haben sich erholt. Trotzdem jagen einige wenige Nationen bis zum heutigen Tage Wale. Meist unter dem Deckmantel wissenschaftlicher Forschung.

So beendete er seine Vorlesung und Sarah blieb eine Weile tief gerührt sitzen. Sie wollte es nicht glauben, dass nichts mehr zu retten war, umso mehr war sie entschlossen, etwas zu unternehmen.

Am nächsten Tag blätterte sie in der Bibliothek Fachbücher und alte Zeitschriften zum Thema Walfang und Meeressäugetiere durch. Ihr wurde erstmals im vollen Umfang bewusst, welches Leid den Walen zugefügt wurde. Sie las von barbarischen Fangmethoden, wobei man Jungtiere zuerst harpunierte, da sie wussten, dass die Mutter zu Hilfe eilen würde. Ein anderer Abschnitt beschrieb, wie ein von der Harpune getroffener Wal mit Elektroschocks traktiert wurde, um ihn zu töten. In ohnmächtiger Wut und einem Anflug von Ekel schlug sie das Buch zu. Dann nahm sie eine alte Zeitschrift einer Umweltorganisation zur Hand. Sie überflog die Seiten, bis ihr ein Artikel auffiel, in dem sie auf einem Foto Nanuuk erkannte. Sie las ihn aufgeregt durch:

INUK GEGEN WALFÄNGER

Der seit drei Jahren anhaltende Streit um den Bau einer Fabrik der Walfanggesellschaft »Fishing Bay Company«, die auf dem Areal eines Inuitstammes in Grönland geplant war, ist zu Ende.

Nanuuk Tschubuk, der Stammesälteste, bekannt als Naturschützer und Gegner des kommerziellen Walfangs, verlor den Prozess. Aus wirtschaftlichen Gründen erhielt die Company die Genehmigung zum Bau der Fabrik, da viele Teile der Bevölkerung von staatlichen Hilfen leben. Die Kosten des Verfahrens trug der Kläger.

»Das war vor fünf Jahren«, dachte Sarah. Sie schaute sich vorsichtig um, niemand sonst war zu sehen. Sie riss schnell die Seite heraus und steckte sie in ihre Tasche, dann lenkte sie ihre Schritte zügig nach draußen.

»Ich bin gespannt, was Lucas dazu sagt«, dachte sie und eilte die Treppe zur U-Bahn hinunter. In ihrem Kopf ratterte es so wie die Gleisschwellen unter den eisernen Rädern des Waggons. Sie saß in diesem schaukelnden Käfig, der tief in der Erde seine Bahn zog. Sie schloss die Augen und dachte an das Leid, das den Tieren angetan wurde. Das Schaukeln des Zuges erinnerte sie an das Wogen der See, die all das Leid gesehen, aber doch nach jedem Sturm eine unendliche Ruhe ausstrahlte. Es gab Hoffnung, so wie die Sonne, die im Meer versinkt und mit Gewissheit den nächsten Tag versprach.

»Lucas, sieh dir das mal an!«, rief sie und rannte polternd die Treppe nach oben. Sie stieß die Tür zu seinem Zimmer auf.

»Hey, hey, was ist denn?« Erschrocken hatte er auf eine falsche Taste gedrückt. Jetzt rasten Zahlenketten über den Monitor. Er beendete das Durcheinander, indem er auf eine andere Taste tippte. Danach wendete er sich wieder seiner Schwester zu.

»Was gibt es denn so Wichtiges?«

Sarah legte den Zeitungsartikel auf die Tastatur und Lucas las ihn durch.

»Dieser Nanuuk ist kein unbeschriebenes Blatt, schade, dass er den Prozess nicht gewonnen hatte«, meinte er und drehte sich in seinem Bürostuhl.

»Ich denke, dass wir mit Nanuuk auf Walexpedition waren, hat einigen Leuten nicht gepasst«, sagte sie aufgeregt.

»Meinst du, dass diese gewissen Leute sich für Nanuuk interessieren, nachdem sie ihn so in die Knie gezwungen haben?«, fragte er und gab ihr die herausgerissene Seite zurück.

»Wer weiß?«, antwortete sie und schaute nachdenklich auf den Artikel. Lucas schüttelte den Kopf. Er glaubte nicht, dass eine derartige Gefahr bestehen würde. So etwas gab es nur in Krimis, von denen er ab und zu einen gelesen hatte. Er sorgte sich eher, dass Sarah eine Paranoia entwickelte. Wenn sie wieder auf See wären, würde das schnell verfliegen und die Vorfreude trieb ihn an weiter voranzukommen.

»Ich habe einige Fakten, aufgrund derer wir die Chance haben, die Zuschüsse zu bekommen«, wechselte Lucas das Thema. Er tippte einen Befehl und sein Programm arbeitete. Zahlenreihen, bunte Balken und Tonfrequenzkurven erschienen auf mehreren Monitoren.

»Sieh mal hier! Ich habe nur eine halbe Stunde aufgezeichnet und die Variationen in Ton- und Frequenzwechsel wären umgerechnet eine Speicherkapazität von hundert Millionen Byte. Es wurden schon Gesänge von Buckelwalen aufgezeichnet, die mehrere Tage anhielten und umso variantenreicher waren«, erklärte er voller Begeisterung. Sarah trat näher an die Monitore.

»Das Gehirn eines Buckelwals ist sechsmal so groß wie deines«, fügte er hinzu, in Begeisterung schwelgend, ohne zu merken, dass es eine doppeldeutige Bemerkung war.

»Jetzt sag bloß nicht, dass das keine Kunst wäre«, antwortete Sarah mit einem Grinsen im Gesicht. Lucas schaute sie verunsichert an. Sie lachte und fügte hinzu:

»Die großen Front- und Scheitellappen könnten genau wie bei Menschen für Erinnerungen und Entscheidungen zuständig sein. Verstehst du? Sie sind fähig zu träumen, sie fühlen, sie empfinden Freude und Schmerz und haben ein fünfzig Millionen Jahre altes Wissen.«

Er schaltete den Computer ab und führte ihren Gedanken fort:

»Wenn wir es schaffen, ihre Sprache zu entschlüsseln, könnten wir mit ihnen reden und man hätte keinen Grund mehr, sie aus vermeintlichen wissenschaftlichen Zwecken zu töten, um sie zu erforschen«, beendete er das Gedankenspiel mit dem überwältigenden Gefühl, eine bahnbrechende Lösung gefunden zu haben. Sarahs Augen leuchteten hoffnungsvoll, denn genau das war ihr Ziel.

Er parkte das Motorrad vor einem grauen Betongebäude mit gleichgültigen Fensterreihen, die sich endlos über die Fassade erstreckten. Er hatte das Leuchten in Sarahs Augen bemerkt, als er ihr sein Programm erklärte. Das hatte ihn motiviert, weiterzumachen. Eine Odyssee durch die Bürokratie in den Büros des Wissenschaftsrates stand ihm bevor. Unzählige Anträge wurden ausgefüllt und er wurde hin und her geschickt. Erschöpft setzte er sich auf einen der Stühle, die in den endlosen Gängen aufgestellt waren. Er rieb sich die Stirn, um die Kopfschmerzen ein wenig zu lindern, da sah er jemanden vor sich stehen.

»Lucas, bist du es? Erinnerst du dich an mich? Zehnte Klasse, Gymnasium.«

Es war Hans Bauer. Lucas hatte ihm in Mathematik geholfen und ihn durch so manche Prüfung gebracht. Sie hatten sich seit der zwölften Klasse nicht mehr gesehen. Jetzt stand er vor ihm, ein gepflegtes Äußeres, eine hohe Stirn, die fast schon in eine Glatze überging. Er hielt lässig eine schwarze Aktentasche in der rechten Hand, wie ein Börsenmakler, der nach Börsenschluss auf sein Taxi wartete.

»Hans, was verschlägt dich hierher?«, fragte Lucas interessiert.

Er lächelte verlegen und antwortete:

»Du wirst es mir nicht glauben, aber ich habe hier ein Büro als Buchhalter.«

Lucas unterdrückte ein Lachen. Er erinnerte sich daran, dass Hans in Mathematik nicht der Beste war. Hans bemerkte seine Verwunderung und sprach weiter, als müsse er sich dafür entschuldigen.

»Ja, das habe ich dir zu verdanken. Ohne dich hätte ich

nie die ausreichenden Noten bekommen und hier verdiene ich genug, um passabel zu leben. Aber was ist mit dir?«, fragte er interessiert. Lucas schaute ernster und antwortete ihm:

»Meine Schwester und ich haben ein Problem«, er hielt inne. Er sah sich um, da ihm es unangenehm war, in dieser Umgebung weiterzureden.

»Ich verstehe, dort drüben ist mein Büro!«, sagte Hans und zeigte auf eine der vielen Türen.

Lucas erzählte Hans die ganze Geschichte. Dieser sah sich die Unterlagen sorgfältig an. Er legte sie auf den Schreibtisch, nahm seine Brille ab und sagte:

»Das sieht alles überzeugend aus. Unverständlich, dass du so lange abgewiesen wurdest.«

»Ist es möglich, dass du uns weiterhilfst?«, fragte Lucas mit neuer Hoffnung.

»Ich werde sehen, was ich erreiche. Zumindest sitze ich hier an der Quelle. Ich weiß, wo die Gelder hinfließen, und ich kenne das Budget«, antwortete Hans, während er die Lesebrille sorgfältig in ein Etui packte. Er runzelte seine Stirn, als würde er über etwas nachdenken, sagte dann aber wieder lächelnd:

»Ich melde mich bei dir. Wohnst du wie früher in diesem großen Haus?«

»Ja, es hat sich nichts geändert«, antwortete Lucas beim Aufstehen. Er gab Hans einen kräftigen Händedruck. Sie verabschiedeten sich mit dem Versprechen, sich zu treffen, um von alten Zeiten zu plaudern. Als Lucas das Gebäude verließ, sah ihm nicht nur Hans Bauer nach. An einem weiteren der unzähligen Fenster stand ein hagerer kleiner Mann mit Glatze. Vorsichtig drückte er die geschlossenen Jalousielamellen auseinander, danach schritt er hämisch grinsend zum Telefon.

»Jetzt steht uns nichts mehr im Weg«, sagte Sarah außer sich vor Freude. Sie umarmte ihren Bruder herzlich.

»Warte erst einmal, bis Hans Erfolg hat. Ich befürchte, dass es für ihn schwierig wird«, sagte Lucas mit gedämpfter Stimmung. Er dachte daran, wie oft er in den Büros abgewiesen worden war.

»Ich habe schon alles aufgelistet, was wir für diese Exkursion benötigen, es fehlt einzig die Liste der technischen Ausrüstung von dir«, erwiderte Sarah enthusiastisch und überspielte damit das ungute Gefühl ihres Bruders. Sie hielt ihm ihre Notizen entgegen. Lucas las sie durch. Er sah Sarah an.

»Denkst du, wir schaffen das?«, fragte er sie mit einem mulmigen Gefühl. Sie lächelte zuversichtlich und antwortete:

»Klar doch, wenn wir zusammenhalten, sind wir unbesiegbar.« Sie hob ihren Kopf mit heroischer Pose, sodass Lucas darüber lachte. Am Ende fielen beide in herzliches Gelächter und freuten sich über den Beginn ihres Abenteuers.

Einige Wochen vergingen, Sarah wurde ungeduldig. Es kamen Zweifel auf, ob sie die Genehmigung bekommen würden. Lucas traf sich mit Hans Bauer wie versprochen. Sie redeten über alte Zeiten. Als er auf den Zuschuss zu sprechen kam, blieb Hans die Antwort schuldig und wechselte das Thema. Erst nach der zweiten Flasche Wein gestand er, dass nichts entschieden war. So viele Schwierigkeiten waren ihm neu, aber er würde es weiter versuchen. Sarah zog sich in die Bibliothek zurück. Sie las mehr über Wale und deren Erforschung. Jeden Tag, an dem sie sich die Zeit des Wartens zwischen Regalen vollgepackt mit Büchern vertrieb, erfuhr sie mehr über diese Tiere. Das soziale Verhalten, wie sie ihren Nachwuchs versorgten. Die Art, wie sie miteinander umgingen. Wie sie sich gegenseitig beschützten. Gewiss war das bei anderen Tierarten ähnlich, aber Wissenschaftler beobachteten bei den Walen ein komplexes Sozialverhalten, aufgrund dessen sie ihnen eine große Intelligenz zusprachen. Und ihre Gesänge, die sogar ein eigenes Ritual hatten, in dem die Alten den Jungen ihre Geschichten weitergaben. »Es ist wie bei einem Stamm, einem Volk – das Volk der Wale«, dachte Sarah.

Eines Tages klingelte das Telefon.

»Hallo, hier Lucas Goldstrom.«

Es war Hans Bauer.

»Hallo, Lucas, ich habe gute Neuigkeiten, der Zuschuss ist bewilligt worden.«

Lucas lächelte. In seinem Bauch spürte er ein Kribbeln. Das war immer so, wenn er eine Schwierigkeit überwunden hatte.

»Lucas, bist du noch dran?«

»Ja, ich bin noch dran.«

»Ausgezeichnet, ich wusste, dass ich mich auf dich verlassen kann«, antwortete Lucas erleichtert.

»Jederzeit. Es hat mich gefreut, dir auch einmal helfen zu können. Grüße Sarah von mir!«

»Ich werde es ihr gleich sagen. Bis bald, mach's gut.«

»Mach's besser!« Mit diesem Spruch hatten sie sich in ihrer gemeinsamen Schulzeit verabschiedet. Jetzt ratterte das Faxgerät, über das Hans weitere Informationen durchgab. Lucas nahm seine Jacke und seinen Helm. Er fuhr mit der Harley zur Bibliothek, um es Sarah zu berichten. Es war jetzt schon Ende Mai, die Zeit wurde langsam knapp, denn in den arktischen Wintermonaten war an eine solche Expedition nicht zu denken, da in Grönland die Sonne im August ein letztes Mal schien und erst im Februar wieder aufging. Sarah war in einem weiteren Buch über das Sozialverhalten der Wale vertieft, als Lucas ihre Schulter antippte.

»Wir haben es geschafft«, sagte er, als sie sich zu ihm umdrehte. Sarah schlug das Buch zu und jauchzte laut, dadurch erntete sie einige »Psssts« von weiteren Gästen der Bibliothek.

»Wir brauchen ein Boot«, sagte sie etwas gedämpfter.

»Das habe ich geregelt, wir bekommen die Polarstern, ein kleineres Forschungsschiff der D.F.F.G. Sie hat zurzeit keinen Auftrag. Es ist ein Zweimaster«, antwortete er mit einem Leuchten in den Augen, von dem Sarah wusste, dass es seiner Liebe zu Segelbooten galt. Sie hatte diesbezüglich keinerlei Bedenken, dass er in der Lage war, die Polarstern zu navigieren.

»Wann reisen wir ab?«, fragte sie ungeduldig.

»Ich habe Hans die Liste gefaxt. Die Umrüstung dauert eine Woche, dann kann es losgehen.«

Er drehte nervös seinen Helm. Sarah bemerkt die Nervosität ihres Bruders und fragte:

»Was ist mit dir? Hast du Bedenken?«

Lucas sah seine Schwester an und antwortete zögernd:

»Hans riet uns vorsichtig zu sein. Dass Vater uns heimgeschickt hat, der Zeitungsartikel und die Schwierigkeiten wegen des Zuschusses. Ich fühle mich beobachtet.«

»Ich hatte erst dasselbe Gefühl, aber jetzt klappt doch alles prima«, beruhigte sie ihn und klopfte ihm auf die Schulter. Er ließ sich ein wenig von ihrem aufgeflammten Optimismus anstecken. Es folgten weitere »Psssts« der sich in ihrer Ruhe gestörten Bibliotheksbesucher. Lucas nahm Sarah an der Hand und zur Freude aller verließen sie den Raum.

Sie stieg auf den Sozius der Harley und klammerte sich an ihrem Bruder fest. Der Fahrtwind wehte ihr langes dunkles Haar unter dem Helm verspielt nach hinten. Sie dachte an die bevorstehende Expedition und war glücklich.

George half den beiden beim Packen. Er war etwas traurig, dass sie schon wieder abreisten. Als das letzte Gepäck in dem Lieferwagen der D.F.F.G. verstaut war, umarmte er erst Sarah, dann ihren Bruder.

»Passt gut auf euch auf!«, sagte er besorgt. Lucas war bis jetzt nie ohne seinen Vater auf einer Expedition und Sarah hatte, außer einigen Studienreisen, wenig Erfahrung.

»Keine Sorge, uns wird schon nichts passieren«, antwortete Lucas und legte dabei seine Hand auf Georges Schulter. Beide drehten sich um, als sie ein Auto die Auffahrt hochfahren hörten. Es war der Wagen ihrer Mutter.

»Ihr reist schon wieder ab? Versteht das nicht falsch, aber ich hoffte, es dauerte länger, die Zuschüsse zu bekommen«, sagte sie, gleich nachdem sie ausgestiegen war. Sie umarmte erst ihre Tochter, dann ihren Sohn.

»Versprich mir, dass du auf sie aufpasst«, wandte sie sich Lucas zu.

»Es wird uns schon nichts passieren«, antwortete er grinsend, da er die Sorge seiner Mutter nicht verstand. Er erinnerte sich, wie er damals ins Schullandheim fuhr und sie ihn ebenso besorgt verabschiedete. Er fand solche Abschiedsszenen abstrakt. Er versicherte ihr nochmals, dass sie sich nicht sorgen müsse, dann stiegen sie in den Wagen. Der Fahrer, einer der vielen namenlosen Angestellten der D.F.F.G., drehte den Zündschlüssel und ließ das Fahrzeug sanft anrollen. Mutter und George standen in der Einfahrt und winkten ihnen lange nach.

Die Fahrt zum Hamburger Hafen war lang und anstrengend. Es war schon dunkel, als der Lieferwagen am Kai parkte. Der Fahrer warf Lucas lässig den Wagenschlüssel zu und sagte trocken:

»Könnt ihn ja morgen ausladen, werd' mich jetzt aufs Ohr hauen in der Spelunke da drüben.«

Sie schauten ihm kopfschüttelnd nach.

»Der war ja nicht gesprächig«, sagte Sarah.

»Wir waren eben nur ein Auftrag mehr und nichts weiter«, erklärte Lucas und streckte sich, seine Gelenke knackten und er gähnte. Vor ihnen am Kai lag die Polarstern, ein zwölf Meter langer Zweimaster. Der Holzrumpf war weiß, in einer Linie reihten sich mehrere Bullaugen aneinander. Auf Deck war zwischen den beiden Masten ein Hardtop verbaut, welches das hölzerne Steuerrad überdachte. Hoch oben in der Takelage beleuchteten zwei Scheinwerfer das Deck. Es war keine schnittige Luxusjacht, sondern ein etwas romantisch wirkendes Segelschiff, das nach Abenteuer roch. Lucas' Gähnen wandelte sich in ein waches Staunen und die Vorfreude, das Schiff zu betreten. Aufgeregt suchte er nach dem Schlüssel in seiner Jackentasche, dann begaben sie sich an Bord. Lucas turnte zum Bug, um von dort aus alles zu betrachten. Dann rannte er zum Heck und zum Steuerrad, um es mit einem Grinsen im Gesicht hin und her zu drehen. Eben, bevor er nach der auf dem Deck liegenden Plane griff, um zu sehen, was sich darunter verbarg, unterbrach ihn Sarah.

»Bist du endlich fertig? Ich bin müde, wir schauen uns morgen alles in Ruhe an«, sagte sie. Sie gönnte ihrem Bruder den Moment, aber nach der langen Fahrt war sie erschöpft. Nachdem jeder seine Kajüte gefunden hatte, schliefen sie ein, begleitet vom Knarren der Taue und vom Gluckern des Wassers am Rumpf. In ihrem tiefen, traumlosen Schlaf merkten sie nicht, wie sich die Plane auf dem Deck hob und eine dunkle Gestalt von Bord schlich, die sie überrascht hatten.

Der nächste Morgen erwachte mit einem blauen Himmel,

der sich aus dem Grau der schwindenden Nacht wandelte. Das Geschrei der Möwen begrüßte die ersten Fischerboote, die tuckernd in den Hafen einfuhren. Sarah hatte gut geschlafen und weckte ihren Bruder mit einer Tasse Kaffee, die sie ihm unter die Nase hielt. Es gab einiges an Arbeit, die zu erledigen war. Der Lieferwagen war vollgeladen mit verschiedenen Geräten, die in die Polarstern eingebaut wurden. Sarah und Lucas schleppten die Gerätschaften über die wacklige Gangway in das Innere des Schiffs und fragten sich, wo der Fahrer blieb. Als alles ausgeladen war, erschien dieser, nahm wortlos den Wagenschlüssel und gähnte zum Abschied. Die beiden sahen sich wie am Abend zuvor kopfschüttelnd an.

Es gab keine weiteren Probleme mehr, abgesehen von der Beule am Kopf, die sie sich am Großbaum des Hauptsegels zugezogen hatte. Lucas überprüfte die Segel und alle Taue mitsamt den Umlenkrollen. Es war nötig, damit alles funktionierte, um die Expedition nicht zu gefährden. Er freute sich darauf, in See zu stechen.

»Seien noch Platz frei?«, hörten sie eine bekannte Stimme vom Kai her. Hastig sprangen sie an die Reling.

»Nanuuk, was in aller Welt führt dich denn hierher?«, fragte Lucas verwundert. Der alte Inuk stand da, er trug einen Rucksack und eine Tasche, der Schweiß lief ihm von der Stirn. Mit Jeanshose und Baumfällerhemd sah er ungewohnt aus. Sie hatten ihn bisher nur in der traditionellen Fellbekleidung gesehen.

»Nanuuk denken, ihr nicht aufgeben dürfen. Nanuuk müssen helfen.«

Er neigte den Kopf mit einem leichten Nicken nach vorne und die tiefschwarzen Augen schauten hoffnungsvoll.

»Komm erst einmal an Bord!«, sagte Sarah. Lucas eilte ihm entgegen und nahm sein Gepäck. Sie nahmen auf der

Sitzgruppe im Salon Platz. In diesem Raum hatten sie zahlreiche Messgeräte in Schränken und Regalen eingebaut. Der alte Inuk schaute sich interessiert um. Sarah servierte drei kühle Getränke aus der Kombüse. Nanuuk erzählte ihnen in gebrochenem Deutsch, wie er als junger Mann nach Europa gezogen war, um Zoologie zu studieren, und sich für den Umweltschutz einsetzte. Er berichtete von der Ohnmacht, die er verspürte, als er sah, dass es fast unmöglich war, gegen Konzerne und Konsumverhalten anzukommen. Er wollte seinem Volk helfen, das immer mehr von der Zivilisation bedrängt wurde. Nach abgeschlossenem Studium zog er wieder zurück in die Heimat. Durch den engagierten Einsatz für seinen Stamm und die Natur wurde er bald zum Oberhaupt ernannt. Als sein Dorf und dessen Jagdgebiet bedroht wurden, kam es zum Prozess gegen diesen einen Walfangkonzern, ein bedeutender Augenblick.

Er hatte alles verloren, jetzt kümmerte er sich ausschließlich um den Zusammenhalt seines Volkes, bis er Sarah und Lucas traf. Es war an der Zeit, etwas zu unternehmen und mit den beiden schien die richtige Gelegenheit gekommen zu sein. Er sah in ihre Herzen und was er dort sah, erfüllte ihn mit Zuversicht.

»Ganzes Dorf haben Geld gegeben, dass Nanuuk reisen«, sagte er und trank den letzten Schluck seines schon wieder warm gewordenen Getränks. Sarahs Wangen wurden rot, sie sah ihren Bruder an.

»Wie hast du uns hier gefunden?«, fragte sie.

»Nanuuk haben Archiv, dort auch stehen Bericht über Vater von euch. Nanuuk dort Wohnung von euch finden. Netter Mann in Wohnung mir sagen, ihr hier.«

Er lächelte die beiden an, als sei es die einfachste Sache der Welt. Die drei erschraken, als etwas gegen die Bordwand prallte. Sie hörten ein Klirren und Plätschern, als eine Flüssigkeit an den Planken herunterlief und ins Hafenwasser tropfte. Die drei hasteten an Deck, wobei Nanuuk, dem die ungewohnte Hitze zusetzte, mehr torkelte als rannte.

Draußen auf dem Kai standen drei muskelbepackte Hafenarbeiter. Zwei von ihnen tranken Bier aus der Flasche und lachten aus rauem Hals. Sarah sah, dass sich einer der Arbeiter seiner Flasche an der Bordwand entledigt hatte.

»Was soll das? Macht, dass ihr fortkommt!«, schrie sie entrüstet.

Mit einem lauten Klirren zerbrachen die beiden anderen Flaschen an der Bordwand der Polarstern.

»Wir taufen dich Schlitzaugendschunke«, grölten die Hafenarbeiter und klatschten sich gegenseitig die Hände ab. Sarah war außer sich vor Wut. Sie rannte die Gangway hinunter und baute sich vor den dreien auf. Sie ballte die Fäuste und ihre Ohrläppchen erröteten sich.

»Jetzt ist es aber genug! Nanuuk ist mehr wert als ihr drei zusammen«, schrie sie zornig.

Die Hafenarbeiter prusteten vor Lachen. Einer von ihnen gab Sarah einen leichten Schubs, sie stolperte und setzte sich auf ihr Hinterteil. Als sie den dumpfen Schmerz des Aufpralls spürte, verzog sie ihr Gesicht. Nanuuk eilte zu Sarah, um ihr wieder auf die Beine helfen, kam aber nicht mehr so weit, da zwei kräftige Hände ihn packten, sodass er zehn Zentimeter über dem Boden hing. Der dritte Hafenarbeiter stellte sich vor ihn und holte genüsslich zum Schlag aus.

»Hört auf!«, schrie Lucas, der wieder an Deck gekommen war, nachdem er über UKW-Funk die Hafenpolizei verständigt hatte. Er wusste, dass es eine Weile dauern würde, bis die Polizei eintraf, und hoffte, die Schlägerei etwas zu verzögern. Der Koloss von einem Hafenarbeiter packte Nanuuk am Kragen, dass ihm die Luft wegblieb, und grinste Lucas an.

»Du bist als Nächster dran, wenn ich mit dem hier fertig bin.«

Er versuchte wieder zum Schlag auszuholen, sackte aber mit verdrehten Augen und offenem Mund in die Knie, als ihn ein harter Gegenstand im Genick traf. Die beiden anderen ließen Nanuuk fallen und stürzten sich auf den Angreifer, der plötzlich aufgetaucht war. Blitzschnell traf der Holzknüppel den zweiten Hafenarbeiter in den Bauch. Er krümmte sich vor Schmerz und fiel zu Boden. Im gleichen Augenblick bekam der letzte Raufbold das andere Ende des Knüppels gegen das Kinn geschlagen. Er flog nach hinten in einen Haufen Taue und blieb liegen – ein klassischer Knock-out!

Ein junger Inuk hatte in das Geschehen eingegriffen. Bereit, einen weiteren Angriff abzuwehren, stand er da. Mit ernster Miene fixierte er die drei Hafenarbeiter. Jeder Muskel seines athletischen Körpers war angespannt, um sofort zu reagieren.

Benommen standen sie auf und rechneten sich aus, dass ihr Vorhaben nicht mehr so leicht auszuführen war. Langsam wichen sie zurück und entschieden sich letztendlich zur Flucht.

Der junge Inuk lief zu Nanuuk und half ihm auf die Beine. Er sagte etwas in seiner Sprache. Der alte Inuk antwortete ihm mit besänftigend klingenden Worten. Langsam lösten sich Sarah und Lucas von ihrem Schock. Sie rieb sich ihren schmerzenden Steiß, als sie neben ihrem Bruder zu Nanuuk und dem jungen Mann liefen. Nanuuk schaute sie beschämt an und sagte:

»Dies sein Nanuuks Sohn Tora.«

Sarah streckte ihm die Hand entgegen und sah ihn verträumt an.

»Hallo, Tora«, begrüßte sie ihn etwas verunsichert. Sie schüttelten sich die Hände und schauten sich tief in die Augen.

»Darf ich ihn auch begrüßen und ihm danken, oder willst du ihm noch eine Weile die Hand halten?«, foppte Lucas seine Schwester. Sie stieß ihm verärgert in die Seite.

»Danke, du bist ja genau im richtigen Augenblick gekommen. Komm doch mit an Bord, Nanuuk hat uns nie etwas von dir erzählt«, sagte Lucas.

»Ich habe meinen Vater schon längere Zeit nicht gesehen«, antwortete Tora. Er hob seinen Rucksack auf und folgte den anderen auf die Polarstern.

Tora war mit achtzehn Jahren von zu Hause weggegangen. Er entschied sich, zur See zu fahren, um etwas von der Welt zu sehen. Zuerst heuerte er auf Containerschiffen an. Später bekam er eine Stelle als Maschinist auf einem der großen weißen Passagierschiffe. Dort erlernte er die deutsche Sprache. Die Bruchstücke, die er von seinem Vater gelernt hatte, verfeinerte ein Freund, den er als Kollegen im Maschinenraum kennengelernt hatte.

Als er die Lektionen gelernt hatte, waren die Voraussetzungen geschaffen, aus dieser stählernen, lauten Höhle aufzusteigen, denn bei der Arbeit bekam er nur wenig von den Reisen mit und so bewarb er sich als Steward. Auf der Hamburg heuerte man ihn an.

Das Schiff war einen Tag zuvor eingelaufen. Nanuuk hatte Tora von seinem Vorhaben geschrieben. Daraufhin hatte er sich ein paar Monate Landurlaub genommen und plante sich mit seinem Vater am Schiffsbahnhof treffen. Er war zu früh angekommen und an den Kais entlang geschlendert. Er freute sich darauf, ihn wiederzusehen. Umso erschrockener war er, als er sah, wie ein paar kräftige Hafenarbeiter ihn bedrohten.

Die Hafenpolizei kam mit wehenden Fahnen und gellender Sirene zu spät. Die Polizisten nahmen die Personalien auf, ebenso die Anzeige gegen unbekannt. Nachdem die Polizei abgelegt hatte, kehrte langsam wieder Ruhe ein. Es war die letzte Nacht vor der großen Fahrt. Tora hatte eine Kabine bekommen. Er war glücklich, bei seinem Vater zu sein. »Es ist nett von den beiden, mich mitzunehmen«, dachte er und schlief ein. Nach dem aufregenden Erlebnis waren sie alle früh in die Kojen gegangen.

Die Expedition

Sie fahren morgen früh los.«

Er drückte seine Zigarette in dem übervollen Aschenbecher aus und setzte das halbleere Glas mit schal gewordenem Bier an. Danach wischte er sich mit dem Handrücken über den Mund. Er saß in der Nische einer stickigen Hafenkneipe einem Mann gegenüber, dessen Gesicht durch Rauch und Schatten nicht zu erkennen war. Hinter ihnen zerbarst ein Glas. Keiner der beiden Männer beachtete es. Der Mann außerhalb des Lichtkegels zog an seiner Zigarre, ein rotglühender Kreis bildete sich aus dem Schatten. Danach folgte eine dicke Rauchschwade, die dem anderen Mann ins Gesicht blies.

»Behaltet sie im Auge, aber bleibt auf Distanz!«, sagte der Mann mit der Zigarre in einem herrischen Ton. Die Kellnerin kam und fragte in einem rüden Ton, ob sie etwas bestellen wollten. Der Mann im Dunkel winkte angeekelt ab, als wolle er eine lästige Fliege loswerden. Der andere bestellte ein Bier, dabei gab er der Kellnerin einen Klaps auf den Po. Dann wandte er sich seinem Gegenüber zu.

»Da ist jemand dazugekommen. Ich habe Fotos.«

Er schob die Bilder seinem Gegenüber zu.

»Ich werde mich darum kümmern«, antwortete der Mann mit der Zigarre und steckte die Fotos in seine Innentasche. Man sah den teuren Stoff der Jacke. Dann verließ er das Lokal. Zwei Straßen weiter stand ein großer schwarzer amerikanischer Wagen. Der Fahrer öffnete dem Mann die Wagentür. Er stieg ein. Durch die getönten Scheiben sah man den rotglühenden Kreis der Zigarre, dann fuhr der Wagen los.

Nachdem der andere Mann sein zweites Bier getrunken hatte, zahlte er und verließ das Lokal. Er schlenderte die Straße entlang Richtung Hafen. Ihm war kühl und er zog sich den Kragen höher. Das Kopfsteinpflaster war vom letzten Regenschauer nass. In den Pfützen spiegelten sich die Lichter der Straßenlaternen. Am Kai lag die Geist, sein Schiff. Einhundertfünf Meter Länge und fünfzehn Meter Breite mit siebentausendfünfhundert BRZ Raummaß. Er blieb einen Augenblick nachdenklich vor ihr stehen.

»Jetzt fängt das Ganze wieder an«, dachte er bei sich. Sein Name war Kapitän Stein und sein Schiff ein Walfänger. Er drehte sich um und sah in die Dunkelheit. Die Nacht war sternenklar und ruhig.

»Die Ruhe vor dem Sturm«, dachte er und stieg über die rostige Gangway an Bord.

Ein wenig später flackerten die Lichter auf der Geist. Es war zwei Uhr und für die Matrosen des Walfängers die Nacht schon zu Ende. Mürrisch führten sie die Kommandos aus. Donnernd hoben und senkten sich die Kolben der Maschinen, um die mächtige Schraube am Heck des Schiffes in Bewegung zu setzen. Die Positionslichter flammten auf. Von den riesigen gusseisernen Pollern wurden die Taue eingeholt und die Geist legte ab. Das Dröhnen wurde leiser, als sie im Dunkel der Nacht durch die Elbmündung Richtung offene See verschwand.

Vier Stunden später regte sich die Crew der Polarstern. Heute war der Tag der Abreise. Als sie aufwachten, roch es nach Kaffee. Sarah und Lucas wankten schlaftrunken in den Salon. Tora kam ebenfalls aus seiner Kabine. Der Frühstückstisch war schon gedeckt und Nanuuk kam aus der Kombüse mit einer gutriechenden Platte voll Wurst, Käse und Fisch. Lucas dachte unweigerlich an das Essen, das Nanuuk ihnen in Qaanaaq serviert hatte. Er vermied es, unhöflich zu sein, und setzte sich mit einem gezwungenen Lächeln an den Tisch.

»Ich habe gar nicht gehört, wie du aufgewacht bist«, sagte Sarah und nahm neben Tora Platz.

»Nanuuk Magen seien laut geworden und Nanuuk machen Essen.«

»Das sieht lecker aus!«, meinte Sarah. Sie nahm sich eines der Fleischbällchen.

»Schmeckt ja fantastisch, was ist das?«, fragte sie.

»Nanuuk holen auf Markt roher Fisch«, antwortete Nanuuk grinsend. Sie wurde etwas blass und hatte dieses gezwungene Lächeln. Tora schaute sie amüsiert an und nahm sich eine ganze Portion Fleischbällchen. Lucas hielt sich an das Brot und den Käse.

»Nach dem Frühstück legen wir ab«, sagte Lucas, während er an einem Happen Käse kaute.

Die wieder aufsteigende Sonne, welche die Nachtstunden in ein anhaltendes Abendrot färbte, versprach einen angenehmen Tag. Möwen zogen kreischend ihre Kreise über dem Hafen, der durch geschäftiges Treiben aus seinem Schlaf erwachte. Der Hamburger Hafen begann zu leben. Schlepper liefen aus, um die großen Schiffe über die Elbmündung an ihren Liegeplatz zu bugsieren, die Boote der Hafenrundfahrten nahmen die ersten Touristen auf und an den Straßen entlang der Kais fuhren Kehrmaschinen, um den Dreck, den die Nachtschwärmer hinterlassen hatten, wegzuräumen. Überall hörte man die Signalhörner der ein- und auslaufenden Schiffe, dazu mischte sich dezent das Tuckern der Dieselmaschine im Bauch der Polarstern.

»Leinen los!«, brüllte Lucas, der am Steuer stand. Er hatte es sich nicht nehmen lassen, eine weiße Kapitänsmütze aufzusetzen, um seinen Kommandos mehr Ausdruck zu verleihen. Sarah hatte nur die Augen verdreht, als er so an Deck gekommen war. Tora zog die Leinen an Bord und das Schiff entfernte sich langsam von der Kaimauer. Lucas drehte bei und nahm Kurs auf die Elbmündung. Es wehte eine frische Brise aus Südost. Als ob Poseidon ihnen seinen Segen gab, waren dies die idealen Bedingungen für die erste Etappe. Als die Polarstern die Elbmündung passiert hatte und Kurs aufs offene Meer nahm, setzten sie die Segel. Strahlend weiß leuchteten sie in der Sonne. Lucas steuerte den zuvor ausgerechneten Kurs und das Segeltuch blähte sich im Wind. Das Schiff nahm eine leichte Neigung an und die Segel schoben den Rumpf mit zügiger Fahrt durch die See.

»Wenn nichts dazwischenkommt, müssten wir in zwei Wochen den Polarkreis erreichen«, sagte Lucas, während er mit wohlwollender Miene die See beobachtete. Sarah stand nachdenklich neben ihrem Bruder.

»Denkst du, wir finden Ceeta wieder?«, fragte sie.

»Die Akkus des Senders reichen für ein Jahr. Ich bin überzeugt, wenn wir im Sendebereich sind, bekommen wir Kontakt.«

Er dachte an den Walfänger, den er gestern im Hafen liegen gesehen hatte. Er hatte Sarah nichts davon erzählt, um ihr die Laune nicht zu verderben.

»Aber was ist, wenn Ceeta einem solchen Walfänger zum Opfer gefallen war?«, dachte er, verdrängte es aber und versuchte das Gespräch auf Tora zu lenken.

»Hast du ihn gern?«, fragte er sie.

»Er ist nett und nur ein Freund«, antwortete sie peinlich berührt.

»Nur ein Freund?«, wiederholte er schmunzelnd und spielte auf das Händeschütteln an.

»Ja, nur ein Freund, was denkst du schon wieder?«, antwortete sie energisch. Sie hätte ihm am liebsten einen Stoß versetzt, besann sich aber, es zu lassen, da man bei einem zwölf Meter langen Segelboot, das hart am Wind lief, besser das Steuerrad festhielt.

»Die beiden haben sich eine Menge zu erzählen«, sagte Lucas und deutete auf Nanuuk und Tora, die am Bug saßen und angeregt miteinander redeten. In ihren Gesichtern sah man, dass sie einiges aufzuarbeiten hatten.

»Delfine, seht doch!«, rief Sarah und rannte geschickt über Tampen und Taue springend zum Bug. Dort sahen sie vier Tümmler vor der Bugwelle reiten. Elegant wechselten sie von einer Seite auf die andere. Nanuuk und Tora schauten dem Schauspiel lächelnd zu. Sarah war glücklich, es war ein überwältigender Anblick, diese Tiere in freier Natur zu erleben.

Dabei bemerkten sie nicht den schwarzen Punkt am Horizont, der wie ein drohendes Unwetter herannahte. Wenn man ihn näher betrachtete, stand auf der rostigen Bordwand mit großen vergilbten Buchstaben der Name GEIST geschrieben und darunter etwas kleiner und umso schmutziger die Aufschrift: FISHING BAY COMPANY.

»Bleibt auf Distanz, lautete der Befehl«, dachte Kapitän Stein und schrie mit fester Stimme:

»Maschinen stopp!« Der Steuermann zuckte zusammen und stellte den Maschinentelegrafen auf HALT. Stein zündete sich eine Zigarette an und drückte einen Knopf. Auf einem kleinen Bildschirm leuchteten Punkte auf, die eine Richtung anzeigten. Er zog lange an seiner Zigarette, inhalierte und blies den Rauch langsam aus.

»Es ist nicht notwendig, auf Sicht zu fahren, es läuft alles planmäßig«, dachte er und schaltete das Gerät wieder ab. Die Geist verlor an Fahrt. Sie dümpelte rau in den Wellen und es wurde schwieriger, sich an Bord zu bewegen. Trotzdem arbeitete die Mannschaft weiter. Sie hatten sich schon seit langer Zeit an das Geschaukel gewöhnt und ihren Gang angepasst. Da im Moment keine Wale gefangen wurden, war etwas Zeit für kleinere Reparaturen und Reinigungsarbeiten. Der Walfänger war in einem verwahrlosten Zustand. Es roch nach Tran und Verwesung. Die Rampe, auf der die toten Wale hochgezogen wurden, war schwarz vom verkrusteten Blut. Blut, das einmal durch wasserrohrdicke Arterien der Tiere geflossen war. Bevor die Granatspitze in ihrem Fleisch explodierte und jäh ein Leben in der unendlichen Weite der Meere beendete. Danach wurden die Körper der sanften Riesen mit Luft vollgepumpt, um der sterblichen Hülle die letzte würdige Ruhestätte auf dem Grunde des von ihnen so geliebten Meeres zu verwehren. Stattdessen fanden sie sich auf einer dieser Rampen eines Walfängers wieder, um in transportable Streifen geschnitten zu werden.

Die Matrosen spritzten die Rampe mit einem Hochdruckwasserstrahl ab. Als Kapitän Stein das Arbeitsdeck überquerte, bekam er etwas ab und fluchte fürchterlich.

»Ihr verdammten Idioten, ich werf euch alle über Bord«, schrie er die Seeleute an. Er rückte die alte Kapitänsmütze auf seinem Kopf zurecht und setzte den Weg über das schwankende Deck fort, um in die Kapitänskajüte zu gelangen. Krachend flog die Tür ins Schloss, nachdem er die Kajüte betreten hatte. Er öffnete einen Aktenschrank und nahm ein paar Ordner heraus. Sie trugen die Aufschrift: QAANAAQ. Er sah sich eine Akte an und blätterte darin, bis er ein Foto fand. Er nahm es in die Hand und sah es sich an. Auf der Stirn bildeten sich Schweißperlen und seine Hand zitterte. Auf dem Bild, das den Kapitän so aufregte, war Nanuuk zu sehen.

»Ein Unfall – ES WAR EIN UNFALL!«, schrie er verzweifelt und schlug mit der Faust auf den Tisch. Ein paar Ordner fielen zu Boden. Er öffnete einen weiteren Schrank und holte eine Flasche Whisky heraus. Er schenkte sich ein Glas ein und nahm einen großen Schluck, dann sah er den Ordner mit dem Bild des Inuks eine Weile an, bis er ihn wütend mit einem Handstreich vom Tisch fegte.

»Maschinen halbe Kraft voraus, Kurs beibehalten!«, schrie er in die Sprechanlage, die in seiner Kajüte angebracht war. Er stellte das Glas auf den Tisch und nahm die Flasche mit in die Koje. Sie würde ihm Gesellschaft leisten und ihn trösten. Ein Vibrieren durchfuhr das Schiff. Das Schwanken wurde weniger, als die Geist Fahrt aufnahm und mit ihrem rostigen Bug die Wellen durchpflügte. Kapitän Stein lag in der Koje und füllte seine Kehle mit dem letzten Tropfen Whisky. Schnarchend ließ er die kalte Welt hinter sich, um in das Reich der Träume zu sinken, tief auf den Grund des Meeres, gefangen in den Abgründen seiner Seele. Über der See stand die Sonne am Horizont wie das rotglühende Ende einer dicken Zigarre.

»Es wird bald dunkel, wir sind auf der Höhe von Stavanger. Dort könnten wir über Nacht festmachen«, sagte Lucas nach einem Blick auf das GPS. Sarah nickte zustimmend, sie war schon müde und rieb sich die Augen. Er zog sich die Wollmütze, die er gegen seine Kapitänsmütze ausgetauscht hatte, tief in die Stirn und nahm Kurs auf den besagten Hafen. Die Segel schlugen bei der Wende knarrend und mit lautem Flattern auf die andere Seite. Möwen kreischten am Himmel, der sich auf das dämmernde Zwielicht in Vorbereitung auf die Nacht einstellte.

»Da haben wir heute aber ein großes Stück geschafft. Ich kenne den Hafenkapitän in Stavanger. Er ist ein Freund von mir, der verschafft uns einen Liegeplatz«, sagte Tora.

»Wie gut, dass wir dich dabeihaben«, antwortete sie ihm lächelnd und setzte sich neben ihn auf das Kajütdach.

»Wo wohnt denn deine Mutter?«, fragte sie unbedacht. Tora senkte seinen Kopf.

»Sie ist vor fünf Jahren gestorben – es war ein Unfall«, antwortete er zögernd.

»Oh nein, wie schrecklich, das tut mir leid«, sagte Sarah betroffen und legte ihre Hand auf seine Schulter. Nanuuk stand am Bug und betrachtete die untergehende Sonne. Lucas sah zu ihm hinüber und meinte:

»Dein Vater hat uns nicht viel von sich erzählt.«

»Er redet nicht gern über dieses schreckliche Ereignis. Er hat sie sehr geliebt.«

»Was ist denn damals passiert?«, fragte Sarah, obwohl ihr die Frage etwas taktlos vorkam, aber ihre Neugier war stärker.

»Ich war nicht zu Hause, als meine Mutter starb. Es passierte, während er diesen Prozess führte. Mein Vater war losgezogen, um an einem Eisloch zu fischen. Er war zu Fuß gegangen und hatte den Hundeschlitten bei der Hütte gelassen, um die Hunde zu schonen, denn durch die zunehmende Kälte der Polarnacht war das Eis hart und scharfkantig.«

Tora musste schlucken. Das Vergangene weckte tiefe Trauer in ihm, aber er erzählte weiter:

»Mutter war allein in der Hütte. Damals wohnten meine Eltern außerhalb der Siedlung. Irgendetwas hatte sie erschreckt, sodass sie nach draußen rannte. Dabei stürzte sie.«

Er stockte, musste noch einmal schlucken und fuhr fort:

»Sie stand nicht wieder auf. Es war ein schrecklicher Anblick, als mein Vater zurückkam und meine Mutter fand.«

Sarah legte ihren Arm um Tora, der sich mittlerweile neben sie auf das Kajütdach gesetzt hatte.

»Du vermisst sie?«

Er nickte. Sie machte sich jetzt doch Vorwürfe, ihn so ausgefragt zu haben. Ihr Bruder bemerkte dies und schlug vor, dass Tora die Polarstern in den Hafen steuern solle.

»Das wird ihn etwas ablenken«, flüsterte er ihr ins Ohr.

Es war schon dunkel, als sie in den Hafen von Stavanger einliefen. Die Segel waren gerefft. Mit niedriger Drehzahl tuckerte der Dieselmotor monoton vor sich hin. Tora steuerte die Polarstern an den Steg des Hafenkapitäns. Souverän legte er das zwölf Meter lange Schiff längsseits des Steges. Noch einmal brüllte der Motor auf, dann verstummte er gurgelnd. Nanuuk und Lucas sprangen mit den Festmacherleinen auf den Steg und legten die Leinen versiert um die eisernen Klampen.

»Tora, min gode venn« (»Tora, mein guter Freund«), dröhnte eine raue Stimme vom anderen Ende des Steges her.

»Young, hyggelig a se deg!« (»Junge, schön dich zu sehen!«)

Tora ging dem bärtigen Mann mit einer schmuddeligen Schildkappe entgegen. Sie umarmten sich freundschaftlich.

»Darf ich dir meinen Vater und meine Freunde, Sarah und Lucas, vorstellen? Ich reise auf ihrer Expedition mit.«

Der Bärtige schob seine Schildkappe zurecht, streckte den Bauch heraus und begrüßte die vier Ankömmlinge:

»Velkommen, iech bien Torbjörn.«

Er schüttelte jedem mit seinen kräftigen Pranken die Hand. Sarah dachte danach, ihre Hand nie wieder bewegen zu können, versuchte aber, sich nichts anmerken zu lassen.

»Nanuuk freuen sich, Freund meines Sohnes zu sehen.«

Er umarmte Torbjörn herzlich, wobei dessen Schildkappe wieder verrutschte.

»Kommen sie doch auf einen Drink mit an Bord«, sagte

Lucas, zog die Gangway herunter und machte eine einladende Geste mit der Hand. Torbjörn leckte sich die Lippen und setzte ein breites Lächeln auf. Er folgte Lucas wie ein kleines Hündchen in den Salon.

»Ich denken, dein Freund mögen trinken sehr gern«, sagte Nanuuk zu seinem Sohn.

Tora grinste und sie folgten den beiden unter Deck.

Es wurde eine fröhliche Runde und Torbjörn wurde mit jedem Gläschen lustiger.

»Wie lernen meinen Sohn kennen?«, fragte Nanuuk ihren Gast neugierig. Der trinkfreudige Geselle hatte seine Schildkappe unterdessen abgesetzt. Das etwas lichtere graue Haar war zu sehen. Mit vom Wein geröteten Wangen antwortete er:

»Tora hat mier geholven nakj Hause zu finten, alsmier ein wenieg öbel war.«

Er schaute beschämt auf sein Weinglas und deutete damit den Grund dafür an, nicht nach Hause gefunden zu haben.

»Ja, ich half ihm, in sein Bett zu finden. Ihm war damals so übel, dass er mich sogar für seine Mutter hielt«, ergänzte Tora die Geschichte. Alle lachten lauthals. Sarah hätte sich fast verschluckt. Nanuuk klopfte ihr auf den Rücken, er hatte sein Gesicht in tausend kleine Lachfalten gelegt. So wurde es spät und der Abend endete. Tora half seinem Freund ein zweites Mal nach Hause zu finden, während die anderen sich in ihre Kojen legten.

Auf dem Rückweg sah Tora vor den Lichtern der gegenüberliegenden Hafenmauer die schwarze Silhouette eines größeren Schiffes vorbeifahren. Am Bug war so etwas wie eine Kanone angebracht. Eine Kanone? »Eine Harpunenkanone«, dachte er. Der Schiffsname war in der Dunkelheit nicht zu erkennen.

»Die wären bestimmt nicht gut auf uns zu sprechen, wenn sie das Ziel unserer Expedition wüssten.«

Er ging an Bord. Die anderen schliefen schon. Es war bald Mitternacht. Er schlich leise in seine Kabine, zog sein Hemd aus und legte sich in die Koje. Er musste an Sarah denken.

»Sie ist hübsch.« Er schlief ein und träumte von ihr.

»Ah, was für ein traumhaft schöner Morgen«, sagte Sarah, als sie an Deck kam. Die anderen waren schon alle emsig mit den Vorbereitungen für die Weiterfahrt beschäftigt.

»Ich wollte dich nicht wecken, du hast noch so schön geschlafen«, sagte ihr Bruder.

»Nanuuk auch gerne noch schlafen, in Kopf viele Kater tanzen.«

»Mein Vater verträgt eben keinen Alkohol. Aber das wird schon wieder«, sagte Tora und klopfte ihm auf die Schultern. Ein Lastwagen parkte an der Hafenmole. Der Fahrer stieg aus und fragte sie in gebrochenem Deutsch:

»D.F.F.G. Polarstern?«

Lucas bestätigte.

»Ich bringe Proviant«, sagte der Fahrer und deutete salopp mit dem Daumen auf den LKW.

»Ich habe aber keinen Proviant bestellt«, antwortete Lucas verwundert. Die Beifahrertür öffnete sich und Torbjörn stieg aus. Er winkte kurz, dann hielt er sich an der Tür, als ob er Probleme mit dem Gleichgewicht hätte.

»Es sieht so aus, als ob er uns ein Abschiedsgeschenk machen will«, sagte Tora lächelnd. Torbjörn kam vorsichtig die Gangway herauf, die Schildkappe tief ins Gesicht gezogen. Ein heftiger Kater machte ihm seit dem gestrigen Abend zu schaffen.

»Du brauchst dich doch wegen uns nicht in Unkosten zu stürzen«, begrüßte ihn Tora.

»Jeg har byttet papirene.« (»Ich habe die Papiere vertauscht.«) Torbjörn sprach Norwegisch, da alles andere in seinem Zustand zu anstrengend schien. Er redete in einem gedämpfteren Ton weiter, da ihm laute Geräusche Kopfschmerzen bereiteten.

»Was hat er gesagt?«, fragte Sarah neugierig. Tora übersetzte.

»Er hat – versehentlich – ein paar Papiere vertauscht. Er sagt, er findet es gut, was wir vorhaben. Der Proviant war ursprünglich für einen Walfänger gedacht.«

Sie schaute Torbjörn mit leicht zusammengekniffenen Augen an und hob mahnend den Zeigefinger, dann küsste sie ihn dankbar auf die Wange. Er wurde etwas verlegen. Der Fahrer des LKWs hatte unterdessen fleißig abgeladen und war schon weitergefahren. Lucas war diese Aktion nicht geheuer, sagte aber nichts und bedankte sich ebenfalls bei Torbjörn. Anschließend verabschiedeten sie sich herzlich. Nanuuk umarmte ihn so, dass er wieder seine Schildkappe zurechtrücken musste. Sarah wünschte sich nach dem Händedruck einen Gips für ihre Hand.

Die Polarstern legte ab und fuhr in Richtung Hafentankstelle. Es dauerte, da andere Schiffe vor ihnen warteten, um zu tanken. Es waren Trawler und Sportboote, die jeweils den Schlauch über Deck zogen oder den Tankdeckel an der Seite hatten. Dann kamen sie an die Reihe. Sie füllten die Tanks randvoll. »Das ist ein bisschen mehr als bei einem Auto«, dachte Lucas, während er dem Mann von der Tankstelle ein Bündel Geldscheine gab. Er steckte die Rechnung ein und löste die Leinen. Es war alles bereit für die nächste Etappe. Sie führte an der Küste Norwegens entlang. Vorbei an Bergen, einem malerischen Hafenstädtchen, dessen bunte Holzhäuschen einem Ölgemälde gleich das Ufer schmückten. Weiter an unzähligen Fjorden, die sich majestätisch in die Küstenregionen schlängelten und über Alesund, um zu den Vesterålen zu gelangen. Dort hofften sie, auf Wale zu treffen. Auf diesem Breitengrad tummelten sich schon einige Walarten. Der Pottwal, der Orca, auch Schwertwal genannt, und kleinere Wale sowie Delfine. Der Wind wehte nicht so günstig, als sie ihren Kurs aufnahmen, deshalb wurden die Segel nicht gesetzt, sondern der Dieselmotor gestartet. Sie beschlossen, sich stundenweise am Steuer abzulösen. Der Kurs führte das Schiff weit draußen, sodass die Küste nur als feiner Strich auszumachen war. Von Zeit zu Zeit wurden sie von Delfinen begleitet, die wie eine Polizeieskorte wirkten. Lucas schaltete bei deren Auftauchen das Hydrophon ein, um ihre Gesänge aufzunehmen. Bei den Aufzeichnungen bemerkte er eine Störfrequenz, die ihn dazu veranlasste, die Instrumente zu kontrollieren. Da er keine Fehlfunktion feststellte, beachtete er diese Frequenz nicht weiter.

Etwas später empfing eine Funkzentrale in einem New Yorker Wolkenkratzer eine verschlüsselte Botschaft.

»Was meint er mit ›Störungen in der Peilung‹ und ›Wir könnten sie verlieren‹?«

Der Junge, der den Zettel mit der Botschaft überbracht hatte, zuckte ahnungslos mit den Schultern. Er sprach kein Wort Deutsch. Er war nur ein Bote, der zwischen den Büros der Hudson Bay Company Akten, Statistiken und Mitteilungen überbrachte.

»Ach«, fauchte der Mann, der hinter dem massiven Schreibtisch saß. Er schrieb etwas auf einen Zettel und gab es dem jungen Mann.

»Send this back to him!« (»Sende ihm das zurück!«), brummte er mürrisch. Der Bote nahm den Zettel. Er schlurfte in Richtung der schweren Eisentür, die eher zu einer Burg, denn zu einem Büro passen würde.

»But encrypted!« (»Aber verschlüsselt!«), schrie der Mann ihm nach. Er lehnte sich zurück. Der Ledersessel knarrte. Aus einem goldenen Kästchen nahm er eine dicke Zigarre. Er hielt sie an sein Ohr und drehte sie zwischen Daumen und Zeigefinger, um die Qualität des Tabaks zu prüfen. Dann zwickte er die Spitze ab und zündete sie mit einem Streichholz genüsslich an. Er schaute auf die Fotos von einem jungen Inuk, die vor ihm auf dem Schreibtisch lagen.

»Er hat also einen Sohn, den er uns vorenthalten hat«, sagte er zu sich selbst. Dabei grinste er so hämisch, dass man in das Gesicht einer Ratte zu schauen glaubte. In seinem Kopf, der von pomadestrotzenden schwarzen Haaren bedeckt war, arbeitete es. Dem Gesichtsausdruck nach waren es keine guten Gedanken, die er hervorbrachte. Er nahm einen kräftigen Zug an seiner Zigarre. Er hatte einen Plan gefasst. Er stand auf, schritt zum Fenster und schaute auf die Straße hinunter. Die Menschen waren, aus dieser Höhe betrachtet, klein wie Ameisen. Die Yellow Cabs sahen von oben aus wie Käsestückchen. Er sah auf, zum smogverschleierten Horizont.

»Mein lieber Stein, es gibt noch einiges für dich zu tun«, murmelte er grinsend mit der qualmenden Zigarre im Mundwinkel.

Weit draußen auf offener See dümpelte die Geist in den Wellen. Vor ihrem Bug tauchte ein ausgewachsener Pottwal auf. Der Walfänger machte keine Anstalten, ihn zu jagen. Die Mannschaft hatte andere Anweisungen, obgleich einige Matrosen beim Anblick der fetten Beute ihren Auftrag nicht verstanden. Die Geist hatte die Maschinen gestoppt, da wieder diese Störungen aufgetreten waren. Der Pottwal hatte seine Neugier befriedigt und tauchte ab.

»Verdammt noch mal, wir haben sie verloren!«, schrie Kapitän Stein und schlug auf den Bildschirm mit den blinkenden Punkten. »Irgendetwas stört dauernd den Empfang. Welche Koordinaten hatte der letzte Kontakt?«, fragte er den Steuermann.

»Zweiunddreißig Nord, fünfzig Nordost.« »Okay, halte den Kurs!«

Er nahm das Mikro der Decksprechanlage und schrie hinein:

»Matrose auf Ausguck!«

Ein Mitglied der Besatzung kletterte gewandt in die Takelage des Mastes mit dem »Krähennest«. Er wusste, dass es keine Wale waren, nach denen er Ausschau hielt.

»Steuermann, den letzten Kurs volle Kraft voraus!«, befahl Kapitän Stein. Der Maschinentelegraf rastete klirrend in der äußersten Stufe ein und die Bugwelle der Geist wurde größer. Sie nahm, allen Wellen trotzend, Kurs auf die Küste.

»Sie könnten es bis zu den Vesterålen geschafft haben, dort werden wir sie suchen«, sagte er zu Rudolf, seinem Stellvertreter.

»Ich hoffe es, der Boss wird sonst ziemlich böse«, antwortete er. Rudolfs Geist war nicht mit Intelligenz gesegnet, dafür hatte er aber umso mehr Muskeln. Manchmal verlor Stein wegen seiner Begriffsstutzigkeit die Nerven und hätte ihn bei wiederholten unpassenden Bemerkungen am liebsten über Bord geworfen. Aber da er auf diesem Schiff sein letzter Verbündeter war, blieb ihm nichts anderes übrig, als mit ihm auszukommen. Sie waren die einzigen Deutschen auf einem amerikanischen Schiff, dessen Matrosen aus Panama, Thailand und Portugal stammten. Mehr als seine Befehle verstanden sie nicht. Da war der Übersetzer, ein Portugiese, der bei Sprachproblemen aushalf. Aber Stein traute ihm nicht, im Grunde traute er niemandem, seit damals nach diesem schrecklichen Unfall. Er wischte sich den Schweiß von der Stirn. Er wünschte sich das alles nicht mehr durchzumachen, aber er war nicht in der Lage auszusteigen. Sein »Boss«, wie Rudolf ihn nannte, hatte zu viel gegen ihn in der Hand.

Er war schon immer auf Walfängern gefahren, das lag ihm im Blut. Heute hatte er keinen Spaß mehr daran. In den Aufgaben, die er in den letzten Wochen bekam, sah er wenig Sinn.

»Laaand, steuerbord voraus!«, brüllte der Matrose vom Krähennest herunter.

»Laaand, steuerbord voraaaus!«, schrie er ein weiteres Mal, da es ihm Freude bereitete, eine andere Sprache zu sprechen, obgleich es die einzigen Worte waren, die er beherrschte.

Rudolf schaute durch das Fernglas und der Kapitän kontrollierte den Kurs auf der Seekarte. »Das sind die Vesterålen. Wir werden in den Hafen von Andenes fahren, um uns ein bisschen umzuhören.«

Rudolf schaute weiter durch das Fernglas, die Ärmel der schwarzen Lederjacke spannten um seine Oberarmmuskeln.

»Ich sehe Vesterålen nicht, weit und breit kein Haus. Nur Inseln«, sagte er mit verbissener Miene. Man hörte, wie Stein mit den Zähnen knirschte. Er verriet ihm nicht, dass die Inseln, die er sah, die Vesterålen waren, um sich nicht weiter aufzuregen und Rudolfs Bemerkung zu übergehen.

Diese Küstenregion zeugte von einer malerischen Umgebung. Eine intakte Natur beherbergte eine Artenvielfalt. Tausende Seevögel umschwärmten mit lautem Gekreische die steil aufragenden Klippen. Das bestechende Blau des Wassers stand im Kontrast zu dem saftigen Grün der Berghänge. Am Himmel türmten sich watteweiße Wolken und rundeten das Panorama ab. Der rostige Walfänger bahnte sich seinen Weg durch diese schöne Natur und fuhr in den kleinen Hafen von Andenes ein. Sie legten an dem Holzkai an der Stirnseite des Hafens an. Ihr Liegeplatz fand sich zwischen den Booten der Fischereiflotte und einem Walfänger, der vor dem Institut für Meeresbiologie festgemacht hatte. Stein dachte, dass er dort am nächsten Tag zuerst nach der Polarstern fragen würde. Die Mitternachtssonne war bis zum Horizont gesunken und verharrte dort, um die Nacht im sanften Rot der Dämmerung zu erhellen. Bis sie von dort wieder in den Zenit steigen würde. Es war acht Uhr morgens, als sich Kapitän Stein von Bord begab. Ein paar seiner Matrosen kamen in diesem Augenblick vom Landgang zurück. Sie hatten die hiesigen Kneipen durchzecht und eine gefunden, die durchgehend geöffnet hatte. Sie begrüßten ihn mit einer übelriechenden Alkoholfahne. Er winkte ab und lenkte seine Schritte in Richtung des Walfängers. Dieser war als graue Silhouette kaum zu sehen. Eine Nebelbank hatte in den frühen Morgenstunden das kleine Städtchen umhüllt. Er fröstelte und zog seine Kapitänsmütze tiefer in den Nacken. Zwei Männer spritzten das Deck des Walfängers ab. Es war ein wesentlich kleineres Schiff als die Geist und trug den Namen ROVER. Etwas fiel dem Kapitän auf. Er sah zu der Harpunenkanone. Er stellte fest, dass allein der Sockel und das Abschussrohr vorhanden waren, aber Schlagbolzen und Granatspitze fehlten. Er beherrschte die norwegische Sprache nicht, so versuchte er es auf Englisch:

»Excuse me, have you seen the D.F.F.G. Polarstern?«

Der eine Mann drehte den Schlauch ab und zeigte durch eine Geste, ihn nicht verstanden zu haben.

»Excuse me, have you seen the D.F.F.G. Polarstern?«, wiederholte er. (»Entschuldigen Sie, haben Sie die D.F.F.G. Polarstern gesehen?«)

»No«, war die kurze und knappe Antwort des einen Mannes, der darauf das Wasser wieder aufdrehte. Kapitän Stein hatte das Gefühl, dass er den beiden unsympathisch war. Er begriff, dass diese Seeleute keine Walfänger waren und das ausgemusterte Walfangschiff dazu nutzten, Touristen zu den Walen zu fahren. Ein großes Schild, auf dem »Walsafari« geschrieben stand, bestätigte die Vermutung. Kopfschüttelnd ließ er das Walsafarischiff hinter sich, um bei dem Institut für Meeresbiologie nachzufragen. Auf dem Weg dorthin überlegte er, wie er etwas unauffälliger wirkte, um mehr Informationen zu bekommen. Er nahm seine schmuddelige Kapitänsmütze ab, rollte sie zusammen und steckte sie in die Jackentasche. Er versuchte, wie ein Tourist zu wirken, was ihm aber nicht gelang. Nachdem er den schmalen Pfad die Uferböschung hinauf hinter sich gelassen hatte, traf er vor der Tür des Instituts einen jungen Mann.

»Do you speak english?« (»Sprechen Sie Englisch?«), fragte er mit einem aufgesetzten Lächeln.

»Sie können Deutsch mit mir reden«, antwortete dieser freundlich. Kapitän Stein fühlte sich unerkannt und fragte weiter:

»Ach so, ja dann, ich bin Kap... äh, Karl Stein. Ich suche einen zwölf Meter langen Zweimaster mit dem Namen Polarstern. Ich habe dieses Boot vor der Küste fahren sehen und mich in es verliebt. Ich würde gern die Eigner fragen, ob das Schmuckstück käuflich zu erwerben ist«, fragte er und dachte gleichzeitig: »Etwas Blöderes hätte mir nicht einfallen können.« Er wartete gespannt auf die Antwort.

»Die Polarstern hat mit uns über UKW-Funk Kontakt

aufgenommen. Sie haben nach der Zahl der sich zurzeit hier aufhaltenden Pottwale gefragt. Ich glaube nicht, dass sie das Boot verkaufen, es ist Eigentum der D.F.F.G. Da müssen Sie sich schon an die wenden.«

»Das werde ich versuchen«, antwortete er und wandte sich ab, um schnell zu seinem Schiff zurückzukehren. Er stoppte und drehte sich dann nochmal um.

»Vielen Dank. Auf Wiedersehen«, verabschiedete er sich freundlich, um den Schein zu waren.

»Nichts zu danken«, sagte der junge Mann und schaute ihm nachdenklich hinterher.

»Mehr wollte ich nicht wissen, sie sind hier in der Nähe«, murmelte der Kapitän zufrieden vor sich hin. Er wäre fast auf dem Pfad der Uferböschung ausgerutscht, dabei fluchte er fürchterlich.

»Haben wir sie, Käpt'n?«, fragte Rudolf, als Stein an Bord kam.

»Siehst du sie hier irgendwo?«, antwortete der Kapitän sarkastisch.

Rudolf schaute sich im Ruderhaus sorgfältig um.

»Nein«, sagte er mit einem verwunderten Gesichtsausdruck. Stein verdrehte die Augen und winkte ab.

»Wir werden rausfahren und sie mit dem Radar finden«, erwiderte er genervt. Rudolf war im Begriff, dazu etwas zu sagen, aber Kapitän Stein war schon weitergegangen, um in seiner Kabine zu verschwinden. Er brauchte Ruhe, um über die nächsten Schritte nachzudenken. Er schaltete die Sprechanlage zur Brücke ein und gab die Kommandos.

»Wir laufen aus, ein Mann auf den Ausguck und Radar besetzen! Rudolf hat das Kommando. Ich will nicht gestört werden.«

Einige Seemeilen weiter draußen segelte die Polarstern auf der Spur von Pottwalen. Sie benötigten eine Reihe unterschiedlicher Walgesänge zur Aufzeichnung, um die Geräte auszurichten und vergleichendes Material zu haben. Pottwale waren in diesem Seegebiet am stärksten vertreten, dadurch gelang es ihnen in kurzer Zeit, genügend Aufzeichnungen zu erhalten.

»Ich habe schon wieder diese Störstreifen auf der Grafik und finde den Fehler nicht«, sagte Lucas nachdenklich, als er an Deck zu den anderen kam.

»Zeig mal her!« Sarah nahm den Computerausdruck und sah ihn konzentriert an. Tora schaute ihr über die Schulter.

»Ein Seebeben?«, vermutete sie.

»Nein, nicht so regelmäßig. Auf jedem Ausdruck tritt die Störung auf«, verwarf Lucas die Bemerkung.

»Es wäre möglich, dass es eine elektromagnetische Störung ist, etwa wie die eines Funkgerätes«, stellte sie fest und gab den Ausdruck wieder ihrem Bruder, der ihn sich abermals ansah.

»Aber es herrschte jedes Mal Funkstille an Bord«, sagte er, nachdem er eine Weile den Ausdruck betrachtet hatte. Sie schauten sich ratlos an.

Nanuuk summte eine monotone Melodie mit tiefer Stimme. Sie drehten sich zu ihm um. Er saß entspannt vorne am Bug, die Augen waren geschlossen. Die Hände ruhten auf seinen Knien mit den Handflächen nach oben. Wie in Trance richtete sich sein Gesicht zur Sonne. Die See war glatt, kein Lüftchen bewegte sich, nur der Horizont war in einen grauen Dunst gehüllt. Sein Summen verstummte. Er öffnete die Augen und sagte: »Sie uns folgen.«

»Wer folgt uns?«, fragte Sarah drängend und suchte den Horizont nach einem möglichen Verfolger ab. Sie entdeckte aber nichts. Dann kniete sie sich vor ihn und nahm seine Hand. »Weißt du, wer uns verfolgt?«, fragte sie ihn eindringlich.

»Böse Leute, wir sie nicht sehen, aber sie uns sehen, sie zu allem fähig«, sagte Nanuuk mit ernster Miene. Lucas anfängliche Bedenken schienen sich zu bestätigen. Sarah dachte dasselbe und schlussfolgerte: »Ein Peilsender auf unserem Schiff könnte die Störungen hervorrufen. Wer immer die sind, sie haben uns vermutlich so ein Ding angehängt.«

»Findest du das nicht ein bisschen übertrieben?«, meinte Lucas ungläubig.

»Wir könnten das Schiff durchsuchen«, schlug Tora vor.

»Wenn ihr meint. Ich glaube aber nicht, dass wir für jemanden so wichtig sind«, sagte Lucas.

Sie teilten sich auf und fingen an zu suchen. Nanuuk blieb sitzen. Er legte die Arme auf die Knie, die im Schneidersitz angewinkelt waren. Langsam senkte sich sein Blick, das immer lächelnde Gesicht wurde ernst. Seine Gedanken reisten in der Zeit zurück. Er sah sie. Sie saß in der Hütte vor dem Kamin und nähte Robbenfelle. Sie freute sich über Tora, der die ersten Gehversuche machte. Tapsig wackelte er zu ihr. Sie nahm ihn auf den Arm und beide lachten ihn an. Es war eine glückliche Zeit. Dann sah er sich, Jahre später, mit ihr in der Hütte. Sie küssten sich zum Abschied. Er nahm sein Angelzeug und stapfte durch den tiefen Schnee in die immerwährende Dunkelheit der Polarnacht.

Wie eine schrille Sirene erschien ihr verzerrtes Gesicht in seinem Kopf. Dazu hallten die Worte: »WIR WERDEN DICH SCHON KLEINKRIEGEN! ... KLEINKRIEGEN! ... KLEINKRIEGEN! ...«

Der Geschmack vom kalten Rauch einer Zigarre mischte sich dazu. Er hörte eine weit entfernte Stimme, die ihn aus seinen Gedanken riss:

»Ich hab ihn, hier am Bolzen der Masthalterung. Ihr hattet recht.«

Lucas hatte den Peilsender in der Hand und hielt ihn hoch. Er war etwas blass, da er nicht damit gerechnet hatte, einen Sender zu finden. Während Sarah und Tora zu ihm kamen, suchte er angestrengt den Horizont ab. Nach einem Schiff, das sie aller Wahrscheinlichkeit nach verfolgte. Nanuuk wusste jetzt, dass sie ihn nie in Ruhe ließen. Er stand langsam auf und gesellte sich zu den dreien, die weiterhin fassungslos den Peilsender betrachteten, der auf dem Kajütdach wie ein totes Insekt vor ihnen lag.

»Nanuuk kennen diese Methoden.«

Er nahm den Sender und warf ihn wütend ins Meer. Er flog im hohen Bogen, fast wie in Zeitlupe. Das Metall glänzte in der Sonne, bis es im Meer verschwand. Die drei schauten ihn verwundert an.

»Hat es etwas mit dem Prozess zu tun, den du vor Jahren gegen diese Walfangfirma geführt hast?«, fragte Lucas Nanuuk eindringlich. Er sah ihn an und antwortete zögerlich:

»Mann von Company waren sehr böser Mensch. Er mir gedroht haben.«

Wieder hallten die Worte »WIR WERDEN DICH SCHON KLEINKRIEGEN« in seinem Kopf. »Soll ich ihnen alles erzählen?«, dachte er und hielt inne.

»Vater, du hast mir damals nie etwas von Drohungen erzählt«, sagte Tora vorwurfsvoll. Auf seiner Stirn standen zwei Falten. Die tiefschwarzen Augen wirkten matt und ein wenig besorgt.

»Nicht wollen, dass du kommen. Du sein Kämpfer. Nanuuk wollen nicht kämpfen«, antwortete Nanuuk mit zitternder Stimme. Eine dunkle Wolke schob sich vor die Sonne, das fahle Licht drückte auf die Gemüter. Tora fühlte sich verunsichert, gewiss kamen in der Vergangenheit immer Zweifel daran auf, wie Mutter gestorben war, aber er fragte nie danach. Dennoch brach es aus ihm hervor:

»Du hättest mir früher von den Drohungen erzählen sollen.«

Tora wendete sich ab und eilte hastig unter Deck. Sarah lief ihm nach. Nanuuk stand da wie versteinert. Sein Gesicht wurde aschgrau. Eine kleine Träne lief über seine Wange. Lucas legte den Arm um Nanuuks Schultern.

»Das hat er nicht so gemeint«, versuchte er etwas unbeholfen zu trösten. Währenddessen hatte Sarah Tora eingeholt. Er stand mit verschränkten Armen im Salon und starrte durch eines der Bullaugen auf die See.

»Tora, das hättest du nicht sagen sollen. Er wollte dich nur aus allem raushalten, dich beschützen.«

Sie stockte. Das kam ihr bekannt vor. War sie nicht ebenso wütend auf ihren Vater? Ob er mehr wusste und dazu schwieg, um sie nicht in etwas zu verwickeln? Dem Anschein nach hatte alles auf der Station angefangen.

»Lasst mich in Andenes an Land«, sagte Tora mit versteinertem Blick.

»Das kann doch nicht dein Ernst sein, du tust ihm unrecht. Du musst dich mit deinem Vater aussprechen«, erwiderte sie und dachte dabei, dass sie nicht kompetent in dieser Frage sei. Er strich sich über sein schwarzes, glattes Haar und sein Blick lockerte sich etwas. Er wandte sich ihr zu und hielt ihre Hände.

»Es ist schön, dass du so besorgt um uns bist, aber ich muss von Bord. Es tut mir leid.«

Ihr wurde kalt und heiß zugleich. Sie gestand sich nicht ein, dass sie sich zu ihm hingezogen fühlte. Jetzt schoss es ihr durch den Kopf: Werde ich ihn wiedersehen? Sie sah ihn verzweifelt an und ihre Wangen röteten sich.

»Bitte bleibe doch«, war alles, was sie herausbrachte. Sie war zu verlegen, ihm mehr zu gestehen. Sie kannte sich selbst nicht mehr.

»Es würde in einer Katastrophe enden. Ich muss von Bord«, wiederholte er.

»Versprich mir, dich zu melden«, bat sie ihn inständig.

Er lächelte ein wenig. Die Zuneigung, die er für sie empfand, flammte neu in ihm auf. Es half nichts. Wenn er jetzt nicht eine Weile Abstand von seinem Vater nahm, würde die Situation nicht besser werden.

»Wir sehen uns wieder«, versprach er ihr.

»Ich werde Lucas bitten, nach Andenes zu fahren«, sagte sie mit trauriger Stimme. Sie drehte sich um und verließ die Kabine. Sie waren nicht weit von den Lofoten entfernt. Bald erreichten sie den Hafen von Andenes. In den Gefühlswirren der vergangenen Stunden bemerkten sie den Walfänger nicht, der am Kai auf der anderen Seite des kleinen Hafenbeckens festmachte. Tora packte seinen Seesack. Er verließ die Polarstern, ohne ein Wort zu verlieren. Im letzten Augenblick, bevor er hinter dem großen Lagerhaus verschwand, drehte er sich um und warf Sarah einen Blick zu. Sarah kämpfte mit den Tränen. Sie rieb sich, als ob sie etwas im Auge hätte, da sie sich keine Blöße geben wollte. Nanuuk war in seine Kabine gegangen, nachdem Lucas vergeblich versucht hatte, ihn zu beruhigen. Jetzt standen die beiden an Deck und sahen sich an. Das hätten sie Nanuuk und Tora nicht zugetraut. Sarah fing an zu weinen, ihr Bruder nahm sie in die Arme. »So offen hat sie noch nie geweint«, dachte er.

»Hey, hey, hey, Schwesterchen, beruhig dich doch. Er kommt wieder.«

Er gab ihr ein Taschentuch. Sie nahm es und schnäuzte kräftig hinein.

»Ich weiß nicht, was mit mir los ist. Ich bin nur wütend, dass ich mich so in ihm getäuscht habe«, erwiderte sie und schnäuzte abermals in das Taschentuch.

»Keine Sorge, er wird sich mit seinem Vater wieder versöhnen. Da bin ich sicher«, beruhigte er sie, wobei er die Hand auf ihre Schulter legte. Sie fing sich ein wenig, hatte aber den Mut verloren. Sie löste sich von ihrem Bruder und setzte sich auf die Reling.

»Was sollen wir jetzt tun? Wenn sie uns verfolgen, haben wir doch keine Chance. Das Beste ist, wir geben auf«, sagte sie resigniert.

Er schaute sie verwundert an. »Sie ist völlig verwirrt, aufgeben hatte bisher nicht zu ihrem Wortschatz gehört«, dachte er und sagte:

»Jetzt sind wir so weit gekommen, da werden wir doch nicht aufhören.«

Früher hätte er die Finger davon gelassen. Es gab in seinem Leben einige Situationen, die aussichtslos und der Mühe nicht wert oder zu riskant waren, aber dies war das erste Mal, dass er die Möglichkeit hatte, etwas zu bewegen.

»Versteh doch, wenn wir mit unseren Forschungen Erfolg haben, würde das einen bedingungslosen Fangstopp bewirken, das hast du doch selbst gesagt. Die versuchen zu verhindern, dass wir etwas entdecken. Wenn wir vorsichtig sind, schaffen wir es«, fuhr er fort.

Ein wenig mulmig war ihm schon, aber er war fest entschlossen, es diesmal zu Ende zu bringen. Es war an der Zeit, einmal etwas zu riskieren.

»Meinst du, Nanuuk macht weiter?«, fragte sie.

»Wir werden ihn fragen«, antwortete er und stand auf. Sarah folgte ihm unter Deck bis zu Nanuuks Kabine im Bug des Schiffes. Sie klopften an. Nichts außer das Gluckern des Wassers und das Knarren der Planken war zu hören. Ein zweites Anklopfen brachte ebenfalls keine Reaktion. Von einem beklemmenden Gefühl getrieben, öffneten sie die Kabinentür. Das graue Tageslicht, das durch zwei Bullaugen fiel, wurde von einer Kerze gelbflackernd eingefärbt. Auf dem kleinen Schränkchen, welches den Mittelpunkt der Kabine bildete, stand ein geöffnetes Kästchen. Davor saß Nanuuk auf der Koje. Er hatte die Jeans gegen traditionelle Inuitkleidung getauscht, die aus Eisbärenfellhose sowie Stiefeln aus Robbenfellleder bestand. In der Hand hielt er ein Foto, auf dem seine Frau, Tora und er zu sehen waren. Er hob langsam den Blick und sah sie an. »Nanuuk sich schämen. Er euch in Gefahr bringen. Nicht alles erzählen von damals.« Verzweiflung beherrschte seinen Gesichtsausdruck. Jetzt sah er gänzlich aus wie ein alter Mann. Die beiden setzten sich auf die gegenüberliegende Koje und warteten auf seine Erklärung. Das Licht der Kerze warf flackernde Schatten in ihre Gesichter. Nach einigen Sekunden des betretenen Schweigens erzählte er alles.

»Damals Nanuuk glücklich sein. Volk von Nanuuk alte Traditionen wahren. Nicht wie andere Stämme verdorben durch Zivilisation. Eines Tages kommen Company wie böse Wolken. Sagen, Fabrik bringen Reichtum und Wohlstand. Nanuuk und sein Volk Fabrik nicht wollen. Wir unser Recht fordern. Mann mit kaltem Herz mir drohen, ich sollen aufgeben.«

Er unterbrach und schaute das Foto an.

»Als deine Frau starb, hast du aufgegeben. Denkst du, die Company hatte etwas damit zu tun?«, fragte Lucas und schaute ihn konzentriert an.

Er nickte und antwortete:

»Seit Drohung, Nanuuks Fallen oft zerstört. Nanuuk weitermachen. Böser Mann wieder gedroht. Dann passieren das mit Frau von Nanuuk.« Eine Träne lief über die faltige Wange, während er das Bild seiner Frau in die Hand nahm und innig betrachtete.

»Wer war dieser Mann?«, fragte Sarah.

Die Entführung

Fabelhaft, jetzt haben wir ihn«, sagte er zu dem Boten, obwohl er wusste, dass er ihn nicht verstand. Die Luft in dem großen Büro mit der schweren Eisentür war stickig. Die Klimaanlage kämpfte mit dem Zigarrenrauch. Er schrieb auf einen kleinen weißen Zettel die Worte SCHNAPPT IHN. Der Bote nahm die Nachricht entgegen und begab sich gleich auf den Weg. Er lehnte sich zurück und legte die Füße auf den massiven Schreibtisch. Ein rotes Lämpchen leuchtete an der Sprechanlage auf. Er drückte eine Taste, ohne dabei die Füße vom Tisch zu nehmen.

»Let him in«, sagte er in das Gerät und lehnte sich wieder zurück. Die schwere Eisentür öffnete sich. Ein schmächtiger kleiner Mann im grauen Anzug trat ein. Er lenkte seine Schritte geschäftig zu dem Stuhl, der vor dem Schreibtisch stand, und setzte sich. Er legte die schwarze Mappe, die er unter dem Arm getragen hatte, vor sich hin und öffnete sie.

»Ich habe hier die aktuellen Geschäftsberichte Mister Kalfstean«, sagte Mr Jefferson mit etwas amerikanischem Akzent, aber in verständlichem Deutsch. Kalfstein, wie sein Name korrekt lautete, runzelte die Stirn. Ihm war es zuwider, wenn sie seinen Namen in Englisch aussprachen.

»Fangen Sie schon an!«, entgegnete er ihm mürrisch.

»Okay.« Jefferson räusperte sich dezent und fuhr fort, die Berichte vorzulesen:

»Die Profite der Delta Airline sind drastisch gesunken. Die Chemical Trust Industries verzeichnen einen geringen Zuwachs und die Umsätze von New Life House stagnieren. Es fehlen uns insgesamt zehn Millionen Dollar, um eine Fusion der INC zu verhindern. Bei der Fishing Bay Comp.

gäbe es eine Möglichkeit, innerhalb kürzester Zeit einen großen Profit zu erreichen.«

»Jefferson, reden Sie nicht um den heißen Brei!«

»Okay, immer mehr Länder treten der IWC bei, deshalb ist der Walfang in Europa und den USA für uns nicht mehr wirtschaftlich.«

»JEFFERSON! – Kommen Sie zur Sache«, unterbrach ihn Kalfstein mit lauter Stimme, da ihm die Ausführung zu ausführlich war.

»Es ist illegal«, antwortete der schmächtige, kleine Mann erschrocken. Kalfstein sagte nichts dazu, sondern trommelte nur ungeduldig mit den Fingern auf der glänzenden Marmorplatte seines Schreibtisches.

»Okay, wenn wir eine größere Menge Wale – und damit meine ich alle Walarten – einigen Interessenten verkaufen, zu denen ich den Kontakt zu gegebener Zeit herstelle, könnten wir eine hohe Summe erzielen.«

Jefferson wartete auf seine Reaktion.

Kalfstein bekam einen teuflischen Glanz in den Augen.

»Wie lange haben wir Zeit?«

»Einen Monat«, antwortete Jefferson kurz und trocken. Kalfstein nahm die Füße vom Tisch und schlug mit der flachen Hand auf die Tischplatte. Sein Gegenüber zuckte zusammen.

»Zum Teufel nochmal, da haben wir wenig Zeit. Ist es möglich, die Fusion etwas zu verzögern?«

»Ich gebe mein Bestes«, antwortete der schmächtige Mann und man bekam den Eindruck, er würde strammstehen.

»Ich verlange mehr als das«, sagte Kalfstein mit drohendem Blick. Jefferson starrte ihn einen Moment lang verunsichert an, nickte und verließ das Büro. Als er fast schon draußen war, hörte er die laute Stimme seines Chefs:

»JEFFERSON!«

Er zuckte zusammen und drehte sich langsam, um in das Büro zu schauen.

»Exzellent, das mit den Walen«, lobte er ihn. Jefferson lächelte, dann schloss er die schwere Eisentür. Kalfstein zündete sich wieder eine seiner dicken Havannas an. Beim genüsslichen Rauchen konnte er am besten nachdenken. Er trat vor die Wand, an der eingerahmte Zeitungsartikel, Diplome und Bilder hingen, und betrachtete sie. Dort hing ein Schwarz-Weiß-Bild seiner ehemaligen Abschlussklasse, ein anderes zeigte ihn auf einer Jacht mit einem riesigen Thunfisch, den er gefangen hatte. Auf dem Bild eines Zeitungsartikels sah man ihn aus dem geöffneten Fenster einer schwarzen amerikanischen Limousine schauen. Der Artikel trug die Überschrift:

MR KALFSTEAN – SELFMADE MILLIONAIRE AND
GENTLEMAN.

Er schmunzelte, als er den Artikel las. Vor zwanzig Jahren war er mit einem beachtlichen Kapital nach Amerika emigriert. Er hatte die Immobilienfirma New Life House gegründet. Der Grundstein für sein kleines Imperium, das er sich im Lauf der Jahre aufgebaut hatte. Sein Blick verfinsterte sich wieder, als er an die bevorstehende Fusion dachte. Ich werde sie verhindern, koste es, was es wolle. Plötzlich grinste er wie ein Schuljunge, der einen Eimer Wasser auf die Kante der Tür stellte und wartete, bis jemand hereinkam. Er dachte an seinen teuflischen Plan, der mit einer kurzen Nachricht auf einem kleinen weißen Zettel, ins Rollen gebracht wurde.

Die See rollte unter dem Bug der Geist. Die Maschinen stampften stählern und unerbittlich ihren Takt. Eine Ratte balancierte auf einem ölverschmierten Rohr, bis sie abrutschte. Kreischend fiel sie in die Tiefe. Tora lag regungslos am Boden. Das Nagetier landete auf seinem Kopf. Erschrocken wachte er aus der Bewusstlosigkeit auf. Die Ratte klammerte sich an den Haaren fest. Er riss sie angeekelt los. Mit einem weiteren kreischenden Rattenschrei flog sie in die Ecke. Verwirrt kauerte er sich zusammen. Was war geschehen, nachdem er von Bord der Polarstern gegangen war? Er zitterte, ihm war kalt. Sein Hinterkopf schmerzte. Prüfend fasste er sich an die Stelle. Er fühlte eine große Beule.

Er erinnerte sich, wie er an der Straße stand, die aus Andenes führte, um per Anhalter zu fahren. Ein Lieferwagen hatte gehalten. Nachdem er eingestiegen war, wurde es schwarz um ihn. Dass er sich nahe dem Maschinenraum eines Schiffes aufhielt, war ihm bewusst. Das stetige Schaukeln gepaart mit dem monotonen Brummen verriet es. Diese Umgebung kannte er aus der Zeit, nachdem er von zu Hause fortgegangen war. Aber auf wessen Schiff er war und wohin es fuhr, wusste er nicht. Etwas taumelnd stand er auf. Das Licht, das den abgeschlossenen Raum spärlich beleuchtete, kam von einem Bullauge hoch über seinem Kopf. Er sah sich um. Die glatten Stahlwände waren schmutzig grau, es roch nach Verwesung. In der Ecke war eine Pritsche an die rostige Wand geschraubt. Eine alte braune Decke lag darauf, davor stand ein Eimer. In einer anderen Ecke lag ein Haufen Ketten. Der Raum hatte nur einen Zugang. Er wankte zu der Stahltür. Er versuchte sie zu öffnen. Sie war verschlossen. Mutlos sank er auf die Pritsche. Er sah auf seine Uhr. Er vermutete, dass er etwa acht Stunden bewusstlos war. »Hätte ich mich nur nicht mit

Vater gestritten«, dachte er verzweifelt. Die Verzweiflung wandelte sich in Wut, als er die alptraumhaften Bilder vom Tod seiner Mutter vor Augen sah. Wie er Vater dafür die Schuld gab. Er sah, wie er ihm immer wieder vorwarf, sie allein gelassen zu haben. Er sah die Tränen. Er sah ein, dass es ein Fehler gewesen war. Es stimmte ihn traurig, dass er ihn so lange dieses Leid hat tragen lassen.

Ein Schlüssel drehte sich krachend im Schloss, die Tür sprang auf. Sie schlug gegen die Wand. Ein Berg von einem Mann kam herein. Er trat seitwärts ein, da seine Schultern breiter als die Tür waren. Wo man nur hinschaute, hatte er Muskeln. Sein Gesicht war kantig. Sein Blick ausdruckslos. Um seinen Hals baumelte ein Fernglas. Unter der schwarzen Lederjacke sah man den Griff eines Revolvers hervorschauen.

»Tora Tschubuk?«, grunzte er. Tora hätte ob der gebieterischen Stimme fast – »schuldig« – geschrien.

»Was wollen Sie von mir?«, fragte Tora. Er stand auf, um ihm in die Augen zu sehen, reichte aber nur auf Brusthöhe.

»Ich will gar nichts von dir. Aber mein Boss, der weiß, was er will«, antwortete er. Man sah seinem Blick an, dass er diesen Chef bewunderte.

»Wer ist dein Boss?«, fragte Tora mutig weiter auf die Gefahr hin, den Muskelberg zu verärgern. Rudolfs Blick verfinsterte sich und seine große Hand drückte auf Toras Schulter, wodurch sich dieser hart auf die Pritsche setzte und sein Hinterkopf gegen die Stahlwand stieß. Ein stechender Schmerz durchzog ihn.

»Das geht dich nichts an!«, antwortete Rudolf zornig, dann zwängte er sich nach draußen, um ein Tablett mit einem Teller Brei und einem Krug Wasser zu holen.

»Hier, das ist für dich und jetzt will ich nichts mehr hören!«

Tora nahm benommen das Tablett. Rudolf zwängte sich wieder nach draußen. Während er die Tür schloss, fiel ihm ein:

»Ach ja, wenn du mal musst«, sagte er und deutete auf einen Eimer, der in der Ecke des Raumes stand.

»Du kannst mich doch nicht hier einsperren«, schrie Tora. Er sprang auf, bekam aber weiche Knie und sackte zurück auf die Pritsche. Die Tür schloss mit lautem Knall, dann hörte man nur das Stampfen der Maschinen. Tora legte sich auf die dünne Matratze, alles drehte sich um ihn. Er dachte an Sarah. Ob er sie jemals wiedersehen würde? Geschwächt vor Verzweiflung schlief er ein, in der Hoffnung, wenn er aufwachte, alles nur geträumt zu haben.

»Wo warst du gestern? Ich habe dich überall gesucht«, fragte Kapitän Stein ungeduldig, als Rudolf auf die Brücke kam.

»Befehl vom Boss ausgeführt«, antwortete er und schaute durch sein Fernglas, als ob es etwas Wichtiges zu sehen gäbe. Kapitän Stein bekam ein ungutes Gefühl. Man hatte ihn übergangen.

»Welchen Befehl?«, fragte er vorsichtig.

»Ich hab mir den Sohn von dem Schlitzauge gegriffen«, antwortete Rudolf, ließ das Fernglas wieder an seinem Hals baumeln und setzte ein breites Grinsen auf. Es gefiel ihm, dass er einmal das Kommando bekommen hatte. Kapitän Stein wurde bleich, Kalfstein wusste genau, dass er sich geweigert hätte. Nicht nachdem, was damals vorgefallen war. Er drehte sich zur Tür, um die Brücke zu verlassen, mit der Absicht, nach dem Jungen zu sehen, aber Rudolf packte ihn am Oberarm.

»Der Boss hat gesagt, Sie sollen sich da raushalten und nur auf den alten Eskimo achten.«

Die beiden sahen sich mit stechendem Blick an. Der Steuermann, der bisher teilnahmslos aufs Meer geschaut hatte, war gespannt, was passieren würde.

»Okay, ist ja gut. Du kannst mich wieder loslassen«, sagte er besonnen. Es war nicht ratsam, seinen Kontrahenten zu reizen. »Mir wird schon etwas einfallen, ich muss nur die Ruhe bewahren«, dachte der Kapitän. Rudolf lockerte den Griff. Er war verunsichert, da er merkte, dass Stein nicht die Fassung verlor.

»Der Boss hat's gesagt«, wiederholte Rudolf, als wolle er sich entschuldigen.

»Ich habe damit nichts zu tun«, fügte er hinzu.

»Du musst dich schon allein darum kümmern. Ich geh jetzt in meine Kajüte, um rauszufinden, was die vorhaben«, sagte Stein, um ihn vollends zu verwirren.

Diesmal ließ Rudolf ihn vorbei. Nervös spielte er an seinem Fernglas. Für einen Moment hatte er Stein unter Kontrolle, bis er merkte, dass er es ohne ihn nicht schaffen würde.

»Der Kapitän ist fast so schlau wie der Boss, nur der Boss ist schlauer«, dachte er.

Das Polarmeer besänftigte seine Wellen und spiegelte auf der glatten Oberfläche den samtroten Himmel. Wieder endete einer der unendlichen Tage in den Monaten der Mitternachtssonne. Das Licht wechselte in eine nicht endende Dämmerung, die, je weiter man nach Norden fuhr, immer heller und somit tagähnlicher wurde. Vor dem roten Ball der Mitternachtssonne zeichneten sich die Silhouetten eines Möwenschwarms ab. Plötzlich wichen die Möwen einer mächtigen Wasserdampffontäne, die im Rot der Sonne aussah wie eine sprudelnde Ölquelle. Danach türmte sich ein von Kerben und Furchen gezeichneter schwarzer Buckel aus dem glatten Wasser. Etwa einen Meter hinter der Rückenfinne steckte ein kleiner Harpunenpfeil mit Sender fest im Fleisch des übermäßig großen Buckelwals.

Die Mannschaft auf der Geist versammelte sich an der Backbordreling des Walfängers und beobachtete das Tier. Es kam nicht oft vor, so einen riesigen Wal vor der Harpune zu haben, sie schätzten ihn auf zwanzig Meter Länge. Jeder der Männer wusste, dass man sich so eine Gelegenheit nicht entgehen ließ. Kapitän Stein wurde gerufen. Als er den Wal sah, vergaß er für einen Moment seinen Auftrag. Er fühlte sich wie in alten Zeiten. Das Jagdfieber packte ihn. Rudolf würde nichts merken. Er lag in der Koje und schlief tief und fest. Für gewöhnlich weckte ihn nicht einmal das Schiffshorn.

»Harpune scharf machen!«, rief er lauthals. Hastig eilte er die eiserne Treppe hoch zur Brücke. Mit dem Fernglas beobachtete er den Wal, der regungslos im Wasser trieb, als würde er auf sie warten.

»Das ist ein Buckelwal, es ist verboten, sie zu jagen«, sagte der Übersetzer, der plötzlich hinter dem Kapitän stand.

»Verdammt nochmal, du portugiesischer Bastard sollst dich nicht immer so anschleichen. Kümmere dich nicht um Sachen, die dich nichts angehen!« Der Übersetzter grinste hämisch und trat einen Schritt zurück, um das Geschehen zu beobachten. Stein drehte sich um und schaute durch sein Fernglas. Im Moment war es ihm egal, um welche Walart es sich handelte, Jeffersons Interessenten boten einen hohen Preis und Kalfstein gab ihm freie Hand hinsichtlich der Jagd. Der Übersetzer merkte, dass der Kapitän sein Vorhaben umsetzen würde. Er schaute ihn eindringlich an, mit einem Blick, der Hass und Verachtung ausstrahlte. Stein nahm das zur Kenntnis und wandte sich wieder seiner Beute zu. Als er sich nochmal umdrehte, war der Übersetzer verschwunden. Der Kapitän nickte dem Steuermann zu. Dieser änderte den Kurs und hielt auf den Wal zu. An Deck herrschte Aufregung. Seit Wochen hatten sie keinen

Wal mehr gefangen. Zwei Matrosen standen angespannt an der Harpunenkanone und warteten auf den richtigen Augenblick, um die Granatspitze tödlich zu platzieren. Immer mehr verringerte sich der Abstand. Der Wal blieb ohne Furcht auf seiner Position, als ob er auf eine Konfrontation aus wäre. Die Matrosen richteten die Kanone aus und zielten auf das Tier. Es sah nach einem leichten Spiel aus. Sie sahen, wie einige Tonnen Walfleisch an Deck gezogen und verarbeitet wurden, und fühlten die Heuer schon in ihren Taschen.

Im Inneren der Geist war Tora aufgewacht. Er hatte die Kursänderung bemerkt und versuchte, das in Deckenhöhe liegende Bullauge zu erreichen. Er stand auf der Pritsche, die er hochkant an die Wand gelehnt hatte. Er öffnete die rostigen Verschlüsse und steckte seinen Kopf hindurch. Er atmete die frische Polarluft tief ein und fühlte sich gleich besser. Salziges, kaltes Wasser spritzte ihm ins Gesicht. Das Bullauge war nicht weit von der Wasserlinie des Schiffes entfernt. Dann sah er einen Wal. Das Tier war so nah, dass er die Kerben und Furchen auf dessen Rücken bemerkte. Er kannte diesen Wal.

»Ceeta! Nein, tut ihm nichts, ihr Schweine!«, schrie er. Sein Vater hatte ihn früher oft auf die Jagd mitgenommen. Dort hatte er einige eindrucksvolle Begegnungen mit diesem Buckelwal. Welche Ironie des Schicksals, dass, nachdem er sich mit seinem Vater zerstritten hatte, Ceeta hier den Tod finden würde. Er stieg wieder in sein Gefängnis ab und wartete.

Jetzt schwamm Ceeta mit kräftigen Flukenschlägen auf den Walfänger zu. Im gleichen Augenblick schnellte der Schlagbolzen der Kanone vor und mit donnerndem Getöse zischte die Harpune durch die Luft.

Die Granatspitze bohrte sich durch die äußerste Kante

der Fluke und versank brodelnd in der eisigen Tiefe. Gleichzeitig senkte sich der gigantische Kopf Ceetas. Der Steuermann sowie die zwei Matrosen an der Kanone hatten nicht damit gerechnet, dass der Wal auf sie zukommen würde, wodurch sie zu spät reagierten. Eine Kollision war unvermeidbar.

Knirschend traf die Backbordseite der »Geist« auf Ceetas Rücken und zog eine neue Furche in die meterdicke Speckschicht. Das Schiff neigte sich zur Seite. Durch das abrupte Stoppen wurden alle, die standen, von den Beinen gerissen. Diejenigen, die schon in ihren Kojen gelegen hatten, fanden sich davor wieder. Rudolf landete mit den Füßen in seinem Spind und erwachte erst, als sein Kopf hart am Boden aufschlug. Kapitän Stein stand fluchend auf der Brücke. Er hielt sich die Hand an die rechte Backe. Die Cockpitscheibe hatte einen Sprung und am Boden lag das zerbrochene Fernglas. Blut rann zwischen seinen Fingern hindurch.

»Dieser verdammte Wal hat uns reingelegt.«

Erschrocken schaute er durch das lädierte Fenster, als er sah, wie der Wal etwa fünfzig Meter vor ihnen auftauchte und triumphierend die Fluke zum Abtauchen hob.

Der Sender auf Ceetas Rücken wurde durch die Kollision nicht beeinträchtigt. Unermüdlich sandte er Funkwellen aus, die bisher kein Ziel fanden. Doch jetzt fing einige Seemeilen weiter das Empfangsgerät an Bord der Polarstern an zu piepen. Nachdem Tora von Bord gegangen war und Nanuuk ihnen alles erzählt hatte, hatten sie sich entschlossen, trotz alledem weiterzumachen. Ihr Kurs führte sie nach Spitzbergen. Nanuuk stand am Steuer. Man sah ihm an, dass er es genoss. Er hatte in den letzten Tagen von Lucas das Segeln gelernt. Sarah war bei ihm. Sie schmunzelte und dachte bei sich, dass Nanuuk mit der dicken Robbenfelljacke mit der pelzbesetzten Kapuze mehr zu einem Kajak als zu einem Segelschiff passen würde. Er steuerte das Schiff hart am Wind. Der hölzerne Bug schnitt das himmelblaue Wasser und die weiße Gischt zischte salzig am Rumpf entlang. Sein Gesicht strahlte wieder mit dem alten, vertrauten Lächeln. Als er gestern die ganze Geschichte erzählt hatte, war er erleichtert, wie verständnisvoll die beiden waren. Sie entschlossen sich danach, weiterzumachen und sich nicht unterkriegen zu lassen. Er warf Sarah ein Lächeln zu, war aber mit den Gedanken bei Tora. Er war traurig darüber, sich im Streit mit Tora getrennt zu haben.

Lucas hielt sich im Salon auf. Er verglich die Tonfrequenzen der Pottwale, die sie vor einigen Tagen aufgenommen hatten, als er das Piepen des Empfangsgerätes hörte. Hastig sprang er auf, um nachzusehen. Es war keine Störung wie einige Male zuvor. Der Empfänger hatte Kontakt mit Ceeta. Aufgeregt rief er nach seiner Schwester:

»Sarah ... Sarah! Sieh dir das an!«

Sie rutschte fast die engen Stufen des Kajüteinstieges hinunter und eilte zu ihm. Geschäftig drehte sie an den Knöpfen des Empfangsgerätes.

»Der Feldstärke nach zu urteilen kommt er immer näher – direkt auf uns zu.«

»Wie weit wird er entfernt sein?«, fragte er.

»Ich schätze etwa vier Seemeilen«, antwortete sie und versuchte eine genauere Peilung einzustellen, um das Signal auf keinen Fall zu verlieren.

»Dann müssten wir bald auf ihn treffen. Ich schalte schon einmal das Hydrophon und den Unterwasserlautsprecher ein. Mal sehen, ob wir ihn mit seinem eigenen Gesang anlocken.«

Er öffnete die Audiofiles, die er bei der zweiten Begegnung mit Ceeta aufgezeichnet hatte. »Kannst du bitte mit

Nanuuk das Großsegel reffen und nur mit dem Fock auf langsame Fahrt gehen?«

»Ey, ey, Käpt'n«, antwortete sie höhnisch.

»Auf welche Tiefe soll ich das Hydrophon senken?«

»Fünfzehn Meter.«

Er setzte den Kopfhörer auf und wendete sich den Monitoren zu. Sie eilte an Deck und löste das Großfall. Flatternd sank das Segel auf Deck. Die Polarstern verlor an Fahrt. Nanuuk hielt den Kurs. Danach hastete sie aufgeregt zur Reling, um das Hydrophon auf fünfzehn Meter Tiefe herunterzulassen, dann warteten sie. Das Kreischen einer Möwe unterbrach die Stille, aber kein Wal war zu sehen. Sarah suchte den Horizont vergeblich nach einem Möwenschwarm ab. Sie wusste nicht, dass die Möwen den übergroßen Walbullen, auf dessen Rücken sie immer Nahrung gefunden hatten, nach der Auseinandersetzung mit dem Walfänger aufgaben.

Sie suchte mit dem Fernglas vergeblich den Horizont ab. Ihr Herz pochte so heftig, dass die Sicht durch das Glas leichte Stöße wiedergab. Nichts war zu sehen. Nur die feine Linie, die den Himmel von dem eisblauen Meer trennte.

»Ich habe ihn«, rief Lucas unter Deck. Sarah setzte das Fernglas ab. Sie drehte sich Richtung Kajüte. Dann schaute sie erneut durch das Fernglas. Sie sah keinen Wal. Ungläubig wendete sie ihren Blick ab und ging unter Deck zu Lucas.

Er drückte mit einer Hand den Kopfhörer fester an sein Ohr, mit der anderen stimmte er die Monitore aufeinander ab. Sarah war inzwischen zu ihm gekommen und sah ihm über die Schulter.

»Peilung einzelnes Objekt bei achtundsechzig Grad zwanzig Strich Nord, vierzehn Grad vierzig Strich Ost«, las Lucas vom Monitor ab.

»Seltsam, dass er allein ist. Wo ist die Walschule?«, murmelte sie nachdenklich und nahm ihr in eine abgegriffene Lederhülle gebundenes Notizbuch, in dem sie schon einiges über Ceetas Verhalten notiert hatte. Sie ergänzte es um diese Begebenheit. Sorgfältig fügte sie Uhrzeit und Datum hinzu.

»Ich hab ihn auf einem Niederfrequenzbereich von hundert Hertz«, sagte Lucas aufgeregt.

Er aktivierte das von ihm entwickelte Programm zum Echtzeitvergleich der Tonfrequenzen. Da war wieder dieses Kribbeln in seinem Bauch, als er sah, dass die Kurven identisch waren und sich eine Ergänzung anschloss.

»Er spricht darauf an. Es sieht so aus, als ob er seinen Gesang wiedererkennt und uns antwortet«, sagte Lucas aufgeregt.

»Das hat man schon einmal mit Delfinen versucht, bis heute ohne Erfolg«, erwiderte sie skeptisch und schrieb wieder in ihr Notizbuch.

»Er ist auf dem Echolot, demnach ist seine Position genau unter uns.«

Lucas nahm den Kopfhörer ab. Er eilte in die Kajüte, in der die Ausrüstungsgegenstände untergebracht waren.

»Was hast du vor?«, fragte sie. Aber als sie sah, wie er mit Trockenanzug und Sauerstoffflasche aus der Kajüte kam, begriff sie.

»Was ist bloß in dich gefahren? Du warst sonst nie so mutig«, sagte Sarah verwundert.

»Weißt du, wie ich ihn das erste Mal berührt habe?«, fragte er sie mit einem begeisterten Gesichtsausdruck.

»Genau, ich musste dich überreden, ihn zu berühren«, antwortete sie ironisch.

»Das war ein wahnsinniges Gefühl. Ich weiß nicht warum, aber ich vertraue ihm«, sagte er unbeeindruckt und zog seinen Pullover aus.

»Ich komme mit.« Fest entschlossen holte sie sich ebenfalls eine Taucherausrüstung. Als sie sich anzog, dachte sie an Tora: »Wenn er jetzt hier wäre und ich mit ihm zusammen tauchte!«

Mit einem kräftigen Ruck schloss sie den Reißverschluss. Lucas hatte die Sauerstoffflaschen mit Nanuuks Hilfe schon angelegt, als sie nach oben kam. Nachdem er die Segel eingeholt hatte, dümpelte die Polarstern in den Wellen. Er half jetzt Sarah, die Taucherflaschen anzulegen.

»Nanuuk euch nicht verstehen. Hier oben gute Luft, warum ihr Luft aus Flaschen nehmen und ins Meer springen?«

»Wir treffen uns da unten mit Ceeta«, antwortete Lucas, zog die Taucherbrille fest und rollte sich rückwärts über die Reling. Umringt von tausenden Luftblasen tauchte er in die eisige Flut. Wartend, bis sich oben und unten abzeichnete. Stumm lauschend der knisternden Stille des Ozeans. Hektisch flüchteten die Luftblasen nach oben. Er sah seine Schwester vor sich. Sie formte Daumen und Zeigefinger zu einem Kreis, was bedeutete: Alles okay. Dann zeigte sie die Richtung. Sie schwamm voraus. Das unendliche, sonnendurchwirkte Blau verbarg Ceetas Körper. Über ihnen wurde der schwarze Rumpf der Polarstern immer kleiner, bis sie in einer blauen Leere schwebten. Sie erhob die flache Hand. Er stoppte. Das Blau verdunkelte sich zunehmend. Ein riesiger Körper mit hängenden Flossen, groß wie die Flügel einer Windmühle, kam auf sie zu. Lucas' Atem stockte. Er sah den Wal mehr als deutlich, nichts war zwischen ihnen. Er kam sich wie eine Ameise vor, die unter dem Stiefel verharrte und hoffte, nicht zertreten zu werden. Ceeta hob langsam den Kopf. Er sah aus wie ein startender Jumbo-Jet. Elegant schwebte er über sie hinweg.

Lucas war wie gelähmt. Sarah schwamm Ceeta hinterher. Er schluckte seine Angst runter und folgte ihr. Die beiden holten den Wal ein. Als sie über ihm tauchten, klopfte sie ihrem Bruder aufgeregt an die Schulter und zeigte hektisch auf die große neue Furche auf Ceetas Rücken. Kleine Hautfetzen lösten sich, während Ceeta sich langsam fortbewegte. Lucas deutete auf die Fluke, in der man deutlich den Streifschuss der Harpune sah. Sarah war außer sich vor Wut und Traurigkeit. Sie hatte genug gesehen und gab das Zeichen zum Auftauchen.

Nanuuk stand besorgt am Heck. Er freute sich, die beiden wiederzusehen.

»Was sein mit dir? Du nicht glücklich aussehen«, sagte er zu ihr, als sie die Heckleiter hinaufstieg.

»Das waren Walfänger, die ihn so zugerichtet haben. Buckelwale sind doch zurzeit geschützt, sie hätten ihn nicht jagen dürfen.«

Sie setzte sich und strich ihr nasses Haar zurück. In der Aufregung vergaß sie die Kälte. Die Wut über diese Menschen ließ ihr Blut kochen.

»Die Wunden waren frisch und die aufgerissenen Stellen nicht von Algen bedeckt. Es kann nicht allzu lange her gewesen sein«, sagte Lucas aufgeregt, während er sich mit einem Handtuch die Haare abrieb, vor Kälte zitternd.

»Ob es unsere Verfolger waren?«, sagte sie und sah Nanuuk fragend an.

»Nanuuk seien nicht sicher, aber es seien möglich.«

Ein zischendes Geräusch unterbrach sie. Es war Ceeta, der nicht weit vom Schiff aufgetaucht war. Er rollte sich auf den Rücken. Die beiden meterhohen, knorpeligen Flossen ragten hoch aus dem Wasser.

»Wir folgen ihm. Der Wind steht günstig, wenn wir ihm hinterhersegeln, werden wir ihn kaum stören.«

Die beiden stimmten Lucas' Plan zu. Nanuuk übernahm das Steuer und Sarah half ihrem Bruder beim Segelsetzen. Das Großsegel flatterte im Wind, bis es zur Mastspitze aufgezogen war. Mit einem Schlag ballte es sich und das Schiff nahm Fahrt auf. Ceeta hatte sich wieder auf den Bauch gedreht und war erst langsam, später etwas schneller nach Norden geschwommen. Die Polarstern folgte ihm in gebührendem Abstand mit prallen weißen Segeln. Immer wenn Ceeta tauchte, kontrollierte Sarah den Kurs mithilfe des Senders.

»Ich glaube, er nimmt Kontakt mit seiner Schule auf«, rief Lucas, der mittels Kopfhörer mit dem Hydrophon verbunden war, welches das Schiff achtern auf zehn Meter Tiefe hinter sich herschleppte.

»Er singt eine Melodie, anschließend wird sie von weiter her wiederholt.«

Sarah warf einen Blick auf den Sonartermographen.

»Wir haben eine Kaltwasserschicht auf fünfzig Meter, dort ist er fähig, um den halben Globus zu kommunizieren.«

Sie stellte das Gerät wieder ab, um sich zu ihrem Bruder unter Deck zu begeben. Er verglich konzentriert mehrere Bildschirme mit verschiedenen Grafiken und gab flink per Tastatur für einen Laien unverständliche Befehle in den Rechner ein. Dann wurden die Monitore schwarz, um anschließend in einem Meer von Zahlenketten zu erleuchten, dazu das Surren der Laufwerke und Blinken unzähliger Leuchtdioden.

»Was machst du da? Sieht aus, als würde der Computer gleich anfangen zu rauchen.«

Sie bewegte sich vorsichtig einen Schritt zurück.

»Keine Sorge, mein Programm benötigt maximale Kapazität. Ich hoffe, es funktioniert.«

Die Monitore wurden wieder schwarz. Es waren nur die knarrenden Geräusche des Schiffes zusammen mit dem Plätschern des Wassers am Rumpf zu hören. Auf dem mittleren Bildschirm blinkte der Cursor hinter dem Satz:

ALL SYSTEMS CLEAR. IF YOU WANT START,
PRESS ENTER\...

»Was ist passiert?«, fragte sie.

»Jetzt kommt es darauf an.«

Er streckte den Zeigefinger aus. Feierlich bewegte er ihn auf die Eingabetaste zu, um sie zu drücken. Wieder surrten die Festplattenlaufwerke. Sie sah eine kleine Schweißperle an seinen Schläfen herunterlaufen. Sie drückte fest beide Daumen und wartete gespannt auf ein Ergebnis.

Draußen auf See setzte Ceeta abermals zum Tauchen an. Wie in Zeitlupe versank sein mächtiger Körper in den Wellen, gefolgt von der sich hoch auftürmenden Fluke. Nanuuk hielt unbeirrt den Kurs, da der Wind weiterhin günstig wehte. Er verband sich gedanklich mit dem Wal. Ceeta tauchte tief, bis die Sinne die geeignete Wasserschicht für seinen Gesang spürten. Dort angekommen, sang das Tier in das unendliche Blau. Ein sphärischer Klangteppich durchflutete das Polarmeer. Eine Woge von hohen hallenden Tönen, unterbrochen von tiefem Brummen. Eine Melodie sanfter Geigen. Kurze Pausen, die dem gesungenen Ausdruck und Tiefe verliehen. Warmherzige Töne, die man in dem unwirtlichen eisigen Wasser des Polarmeeres nicht vermutete. Dann eine erwartungsvolle Stille. Von weit her kamen ebenso durchdringende Töne, die das Vorgesungene bestätigend wiederholten und um eine neue Melodie ergänzten.

Darauf reagierte das Programm. Die Monitore flammten

auf, Tonfrequenzkurven wurden verglichen und bis auf die letzte Nuance ausgewertet.

»Es funktioniert. Es läuft alles perfekt.«

Er war vor Begeisterung aufgesprungen und beobachtete aufgeregt die Vorgänge.

»Du hast mir die ganze Zeit nichts über dein Programm erzählt. Was passiert jetzt?«, fragte sie, während sie gebannt auf das Geschehen schaute.

»Ich habe sämtliche wissenschaftliche Daten, einschließlich der unseren, über Walgesänge eingegeben. Das Programm wertet die Häufigkeit identischer Tonfolgen aus, um etwaige Wörter oder Sätze darzustellen – die Voraussetzung zum Entschlüsseln einer Sprache.«

»Genial, du bist eben unschlagbar in Sachen Computer.«

Unaufhörlich arbeitete der Prozessor, um den durch das Hydrophon ständig neu gelieferten Datenfluss zu verarbeiten und zu speichern.

»Wie lange wird er rechnen?«

»Das dauert eine Weile. Aus den vielfältigen Tonvariationen ergeben sich Millionen von Kombinationen.«

Er hatte den Satz zu Ende gesprochen, da neigte sich die Polarstern so stark zur Seite, dass die beiden umgefallen wären, wenn sie sich nicht gegenseitig gestützt hätten.

»Was ist denn jetzt los?«

Sie ließ sich auf die Dinette fallen und hielt sich krampfhaft an der Rückenlehne fest.

»Eine kräftige Windböe. Um Himmels willen, schnell die Segel reffen.«

Er hastete nach oben. Nanuuk klammerte sich tapfer am Steuer fest. Er starrte unbeirrt auf die geblähten Segel, die dem Zerreißen nahe waren. Das Schiff hatte mittlerweile eine beängstigende Neigung angenommen. Es pflügte mit maximaler Rumpfgeschwindigkeit durch die höher gewordenen Wellen. Weiße Gischt schwoll über die tief geneigte Backbordseite auf das Deck.

Lucas löste geistesgegenwärtig die Großschot. Die beiden Bäume des Zweimasters fuhren schwungvoll, dem Winddruck nachgebend, nach vorn. Gleichzeitig richtete sich die Polarstern wieder auf. Er übernahm das Steuer.

»Schiff seien ganz schnell geworden«, sagte Nanuuk trocken, als er sich ablösen ließ. Mittlerweile war Sarah an Deck gekommen.

»Ist ihm etwas passiert?«, fragte sie besorgt.

»Nanuuk haben sich festgehalten, als Schiff wild geworden. Nanuuk seien okay.«

Ein einnehmendes Lächeln erhellte sein Gesicht.

»Ist es nicht besser, mit Maschine zu fahren?«

Ihr saß der Schreck in den Gliedern. Außerdem sah sie skeptisch zum Himmel, der sich bedrohlich verdunkelt hatte.

»Ich werde mir doch jetzt, wo mein Programm läuft, nicht die Aufnahme durch Schraubengeräusche verderben. Wir fahren eben nur mit einem Großsegel«, antwortete Lucas energisch.

»Nanuuk, kannst du ihn nicht überreden?«

Sie sah ihn mitleiderregend an.

»Er seien Kapitän, er wissen, was er tun.«

Ihr Gesicht verfinsterte sich, wütend öffnete sie die Staukiste. Sie holte eine feuerrot leuchtende Schwimmweste heraus. Bedingt durch den stärker gewordenen Seegang, zog sie die Weste etwas unbeholfen an, wobei sie die beiden Männer vorwurfsvoll ansah.

»Ich kümmere mich um Hydrophon und Peilsender.«

Sie schwankte unter Deck, was mit der großen Schwimmweste durch den engen Kajüteinstieg einige Schwierigkeiten bereitete.

»Sie uns Seefahrt nicht zutrauen«, sagte Nanuuk und übernahm wieder das Steuer. Lucas holte das Fock und das Genuasegel ein. Immer mehr graue Wolken schoben sich zusammen. Was vorher unter blauem Himmel leicht und beschwingt schien, wirkte jetzt bedrückend und gefährlich. Den einzigen Kontrast in der grauen Masse bildete das straffe, weiße Segel.

Der eisige Wind formte die Gesichter der beiden zu angestrengten Grimassen. Lucas hatte das Steuer übernommen und Nanuuk stand am Bug, die Augen stets auf Ceeta gerichtet. Dieser tauchte in kurzen Abständen, um danach mit einer zischenden Wasserdampfwolke aufzutauchen. Es war ein unwirkliches Bild, der vernarbte schwarze Buckel mit dampfendem Atem, gefolgt von einem Segelschiff, das in der brodelnden See aussah wie ein Spielzeug.

Sarah kauerte in der Kajüte und beobachtete die Monitore. Unaufhörlich lösten sich Kurven, Zahlen und Buchstaben, immer schneller werdend, gegenseitig ab. Sie hielt sich fest, als wieder eine Böe die Polarstern packte und durchschüttelte.

Jetzt surrten die Laufwerke auf Hochtouren, die Leuchtdioden blinkten wild. Die Monitore pulsierten voll von Zahlenketten. Doch es war nicht so wie vor ein paar Minuten, als Lucas das Programm startete. »Es sind Buchstaben, vorher waren nur Grafiken und Zahlen zu sehen«, dachte sie, als unvermittelt das Aufbrausen des Computers endete. Die Monitore waren schwarz bis auf den mittleren, auf dem der Satz zu lesen war:

TRANSLATION START: PRESS ENTER\...

Sie zitterte vor Aufregung. Sollte es funktionieren, waren diese vier Worte der Anfang zu etwas Neuem, das die Wissenschaft einen Quantensprung weiterführte. Sie fühlte sich, als stünde sie vor einem Tor zu einer anderen Welt. Sie vergaß den Sturm, sie vergaß ihre Verfolger, sie vergaß den Streit mit ihrem Vater. Ihr Herz pochte schnell. Sie rannte, sofern es das schlingernde Schiff zuließ, nach oben. Sie schrie gegen die schrillen Geräusche des schneidenden Windes an Mast und Takelage:

»Lucas, Lucas, es funktioniert. Komm schnell nach unten.«

Er drehte das Schiff in den Wind. Das Großsegel flatterte laut und kraftlos im Sturm. Die Polarstern bäumte sich in den Wellen auf, wie ein Pferd, dem man die Zügel fester zog, um es zu bändigen. Nanuuk stand wieder am Steuer.

»Halte den Bug im Wind«, rief Lucas Nanuuk zu, während er sich den Weg nach unten bahnte. Der mittlere Monitor zeigte immer den gleichen Satz und der Cursor blinkte ungeduldig. Er setzte sich vor die Tastatur.

»Empfängt das Hydrophon?«

»Klar und deutlich«, antwortete sie.

Er drückte die Entertaste. Der Computer speicherte Ceetas Gesang und aus den Tonfrequenzkurven bildeten sich Wörter.

MÜDE ... HELFEN ... KOMME ... SCHMERZEN.

»Es sind nur einzelne Wörter, der Computer hat die Signale verdichtet und nur hundertprozentige Übereinstimmungen formuliert.« Er gab einige Befehle ein, um den Ablauf zu optimieren.

»Meinst du, dass der Algorithmus lernt, ganze Sätze zu bilden?«

»Dazu habe ich zu wenige Daten. Wir beobachten weiter, um mehr Tonsignale den entsprechenden Handlungen und Reaktionen zuzuordnen. Aber ich denke, was wir hier haben, ist schon ein Beweis dafür, dass sie sprechen«, antwortete Lucas euphorisch. Da war wieder dieses Kribbeln, die ganze Mühe hatte sich gelohnt. Sarah strahlte vor Glück, dabei hatte sie den Sturm vergessen und fiel durch ein stärkeres Schwanken des Schiffes zu Boden.

»Hast du dir wehgetan?«, fragte Lucas erschrocken und half ihr wieder auf die Beine.

»Nein, es geht schon, wir sollten Nanuuk nicht so lange alleine lassen.«

»Du hast recht, gehen wir nach oben.«

Schwankend stiegen sie die Treppe hoch, die auf das Deck führte. Oben angelangt, wurden sie eiskalt von einem Brecher überströmt, der das Deck überspülte und wie ein Bach die Stufen hinunterplätscherte. Salzwasser spuckend schwankte Lucas zu Nanuuk, der tapfer den Kurs gehalten hatte.

»Nanuuk fühlen, seien älter geworden.«

Nanuuk sah ihn mit müden Augen an. Lucas übernahm das Steuer.

»Geh unter Deck und ruh dich aus! Wir schaffen das schon. Sarah, hol das Großsegel ein! Wir fahren mit Maschine.«

Er hatte ein schlechtes Gewissen wegen Nanuuk. »Hoffentlich hat es ihn nicht überfordert«, dachte er. Das sonst so laute Grollen der Dieselmaschine war bei dem schneidenden Sturm nur ein dumpfes Brummen. Er steuerte den Bug so, dass die Polarstern die Wellen in einem steilen Winkel schnitt, um anschließend sanft einzusetzen. Er versuchte nicht mehr, Ceeta zu verfolgen, sondern aus diesem Hexenkessel herauszukommen. Sarah und Nanuuk waren unter Deck verschwunden. Es lag an ihm, sie sicher durch die mittlerweile berghohen Wellen zu steuern. In der Begeisterung, die das Experiment mit sich brachte, hatten sie verdrängt, dass der Sturm an Stärke zugenommen hatte. Immer wieder spülten große Brecher das Deck, doch die Polarstern kämpfte sich tapfer nach oben. Er war nass bis auf die Haut, seine Finger wurden klamm und gefühllos. Angst schnürte ihm die Kehle zu. Eine Angst, die er bisher nicht gekannt hatte, kurz davor, ihm die Sinne zu rauben. Das flaue Gefühl im Magen kostete ihn die nötige Konzentration, als eine kreuzende Welle präzise Lenkmanöver forderte. Das Schiff bäumte sich steil nach oben auf. Die Großschotklemme des zweiten Mastes riss ab. Der Baum schlug hart um, wodurch er sich aus seiner Befestigung riss. Krachend rutschte er über das Achterdeck. Aufgeschreckt drehte sich Lucas um. Er duckte sich um Haaresbreite, sonst wäre er mit ihm zusammen im Meer versunken.

Kreidebleich hielt er das Steuer fester. Er konzentrierte sich wieder voll auf die schwere, unbarmherzige See. Ihm schwanden die Kräfte, er wusste nicht, wie lange der Sturm dauern würde. Dabei dachte er an seine Mutter, wie besorgt sie bei ihrem Abschied war und wie sorglos er sich fühlte. Jetzt verstand er sie. Hoffnungslosigkeit übermannte ihn. Es schien schon alles verloren, bis er verschwommen den hellen Streifen am Horizont sah. Der Sturm hatte etwas nachgelassen. Gestärkt von diesem Anblick richtete er sich auf, wischte sich mit dem Handrücken die Nase. Er hatte das Steuer wieder fest im Griff. Triumphierend hielt er auf die rosafarbenen Wolken zu, die aussahen wie ein Ölgemälde von Meisterhand gezeichnet. Ein Bild, so kraftvoll, dass man es einer höheren Macht zuordnen würde. »Mit Gott«, dachte er und dankte ihm. Er hatte in seinem Leben nicht oft gebetet, aber jetzt war er dankbar und froh. Es war wie ein Wunder, dass sie es geschafft hatten.

Die See beruhigte sich. Er arretierte das Steuerrad mit

Kurs auf die Küste. Er schwankte Richtung Kajüte, um unter Deck nach den beiden zu sehen. Im Salon war niemand. Es war unheimlich still. Ihn übermannte ein beklemmendes Gefühl. So schnell es ihm in seinem geschwächten Zustand möglich war, eilte er zu Nanuuks Kabine im Bug. Dort lag er in der Koje. Sarah kniete neben ihm. Sie sah Nanuuk wie versteinert an.

»Was ist mit ihm?«, fragte er und dachte gleichzeitig: »Ist er tot?«

Immer auf Nanuuk starrend, berichtete sie:

»Er war so erschöpft, dass er sich hinlegte, dann bekam er Fieber. Er glühte förmlich. Zeitweise hat er sogar fantasiert. Er rief immer wieder nach Tora.«

Sie drehte sich um und fiel ihrem Bruder in die Arme.

»Das ist meine Schuld, nur weil ich es allen beweisen wollte, sind wir auf diese Expedition gefahren«, schluchzte sie.

»Red doch keinen Unsinn. Er ist aus freien Stücken mitgefahren. Außerdem haben wir den Sturm überstanden. Wir werden an die Küste fahren und ihn zu einem Arzt bringen. Er wird es schon schaffen.«

»Um Himmels willen, deine Hände sind ja kalt und du blutest an der Stirn.«

Er schaute in den Spiegel. Erschrocken sah er, dass die rechte Hälfte seiner Stirn rot gefärbt war. Das Blut kam aus einer Platzwunde über der Augenbraue.

»Ich muss mich am Steuer gestoßen haben, als ich dem Baum auswich.«

»Zieh dir trockene Sachen an. Ich hole Verbandszeug.«

Der Sanitätskasten hing neben dem Einstieg. Wie gut, dass Lucas ihn vor Antritt der Reise aufgefüllt hatte. Mit zitternden Händen holte sie einen Verband und ein Heftpflaster heraus, entschied sich aber anders.

»Ich denke, ein Pflaster genügt.« Sie klebte es ihm vorsichtig auf die Wunde. »Es ist nicht so schlimm, wie es aussieht«, versuchte er sie zu beruhigen.

»Tut es weh? Wenn Mutter doch nur hier wäre!«

»Ich habe es gar nicht gemerkt, sie hätte es nicht besser hinbekommen.«

Sarah lächelte ein wenig. Jetzt fühlte er sich schon wieder gut. Er verschwieg ihr, dass seine Finger einige kleine Erfrierungen davongetragen hatten.

Nanuuks Zustand hatte sich nicht verändert. Er rief immer wieder den Namen seines Sohnes. Seine Stirn war von Schweißperlen bedeckt. Mit geschlossenen Augen rief er abermals: »TORA, TORA, TORA!«

»Tora, so heißt du doch?«

Stein zündete sich eine Zigarette an. Tora saß auf der Pritsche. Er sah verachtend zu ihm auf. »Ich kann dir helfen, Junge.«

Tora schüttelte langsam ungläubig den Kopf und verzog seinen Mund zu einem Grinsen, welches sagte: »Du willst mir helfen, warum lässt du mich nicht einfach gehen?«

Stein redete weiter, ohne ernsthaft eine Antwort erwartet zu haben.

»Ich habe nichts mit deiner Entführung zu tun. Rudolf hat's getan. Er hat viele Muskeln und wenig Hirn. Wir können reden, er ist beschäftigt.«

Der Kapitän hatte ihm bei abflachendem Sturm das Kommando übergeben. Stolz hatte er es übernommen, ohne zu ahnen, welche Strapazen dies mit sich brachte. Die See rollte noch beachtlich unter dem rostigen Rumpf des Walfängers. Stein wusste, dass die Geist nicht in Gefahr war. Mit ihren 500 Bruttoregistertonnen würde sie in der schweren See standhaft bleiben. Doch Rudolf war kein richtiger

Seemann. Er bekam es mit der Angst zu tun, als der Bug sich hob und senkte. Der Horizont tanzte vor seinen Augen. Krampfhaft hielt er sich an der Säule des Maschinentelegrafen fest und wollte die Brücke nicht verlassen.

»Sie sind der Kapitän, dann müssten Sie doch wissen, was auf Ihrem Schiff passiert.«

Tora blickte den Kapitän fordernd an. Dieser packte ihn am Kragen und zog ihn hoch, sodass sie sich in die Augen sahen.

»Jetzt werd nicht frech! Es läuft eben gerade nicht so, wie ich mir das gedacht habe.«

Er ließ ihn wieder los.

»Ich will nicht den gleichen Fehler machen wie vor ein paar Jahren«, sagte er etwas ruhiger.

»Was war denn vor ein paar Jahren?«, fragte Tora vorsichtig.

»Vergiss es, vergiss überhaupt, dass wir zusammen gesprochen haben. Rudolf darf nichts merken. Ich warte auf eine günstige Gelegenheit, um dich laufen zu lassen.«

Bevor Tora noch etwas fragen konnte, schloss Stein die Eisentür. Tora war wieder allein. Er wusste nicht, was er von diesem Gespräch halten sollte. War es abermals eine Falle? Er konnte niemandem mehr trauen. Er nahm die rostige Eisenkette, die er, bevor Stein eintrat, dazu benutzt hatte, die Muttern der Eisentür zu lösen. Die Glieder der Kette passten genau auf die Schraubenköpfe, sodass er sie wie einen kleinen Schraubenschlüssel benutzen konnte. Nur war die Hebelwirkung nicht groß genug. Die Haut begann sich von den Fingern zu lösen. In seiner Verzweiflung spürte er den Schmerz nicht. Er drückte das Kettenglied fest gegen den Uhrzeigersinn. Mit einem quietschenden Geräusch gab die Schraube nach. Erleichtert warf er die Kette zu Boden. Er drehte die Mutter mit der Hand aus ihrem Gewinde. Locker warf er sie in die Luft und fing sie mit einem Lächeln im Gesicht auf. Seine Freude war schnell verflogen, als er sah, dass die Platte, die das Schloss hielt, mindestens fünfzehn weitere Schrauben hatte. Er sah auf seine Finger. Erst jetzt merkte er den Schmerz der aufgeplatzten Blase. Mutlos sank er auf die Pritsche.

Der Kapitän hielt auf dem Weg zur Brücke inne. Er sah zum Horizont. Die See glättete ihre Wogen. Über ihr gaben orange gefärbte Wolken den Blick auf die Abendsonne frei. Ein beeindruckendes Bild, das er so noch nicht gesehen hatte. Er setzte seinen Weg zur Brücke fort. Als er das Ruderhaus betrat, fand er Rudolf, der den Maschinentelegraphen fest umklammerte. Kreidebleich sah er den Kapitän an. Stein genoss den Anblick.

»Dein erster Sturm auf See?«

Rudolf nickte mit blasser Miene.

»Im Sanitätsraum sind Kohletabletten. An deiner Stelle würde ich ein paar davon nehmen.« Bevor er antworten konnte, blähte Rudolf die Backen. Ihm war schlecht. Hastig sprang er auf und verließ fluchtartig die Brücke. Stein lachte laut. Dann konzentrierte er sich wieder auf den Kurs und seinen Auftrag. Er durfte jetzt keinen Fehler machen, um sein Vorhaben nicht auffliegen zu lassen. Es würde leicht sein, Rudolf zu täuschen. Kalfstein mochte zwar weit entfernt sein, hatte aber seine Augen überall. Er war ein richtiger Teufel, eine Ratte, die zwischen schmierigem Dreck kriechend einem ständig in den Nacken zu springen drohte. Er musste weiter mitspielen, so wie er es all die Jahre nach diesem schrecklichen Ereignis getan hatte. Entschlossen schaltete er den Radarschirm an. Der rotierende Balken zog grün leuchtende Felder hinter sich her, bis er einen Punkt formte.

»Sie haben ihren Kurs geändert. Werden wohl einen Schaden haben.«

Er schaute auf die Karte.

»Der Sturm hat sie so weit abgetrieben, dass Vadsø am nächsten liegt. Dort werden wir auf sie warten. Kurs zwanzig Grad Ost, volle Kraft voraus!«

»Ey, ey, Käpt'n«, bestätigte der Steuermann.

Vadsø war ein verträumtes, kleines Fischerdorf im nördlichsten Teil der norwegischen Küste. Am Fuße der saftig grünen Berghänge säumten bunte Holzhütten, die auf unzähligen hölzernen Pfählen standen, das schmale Ufer des Fjordes. Die Einwohner des Dorfes lebten ausschließlich vom Fischfang, da es in diesem Teil Norwegens keine Felder mehr gab. Nur Berge, deren Täler unwirtlich und rau waren. Durchdrungen von eiskalten, reißenden Gebirgsbächen, die wie die pulsierenden Adern eines Riesen das Land durchzogen. Kaum ein Tourist verirrte sich hierher. Der Alltag der wenigen Bewohner fand nur Abwechslung in den alle vier Wochen aufkreuzenden Eisbrechern der Hurtigruten. Mit ihnen bekamen sie Post und Lebensmittel. Doch in diesem Monat waren es schon zwei Schiffe, die innerhalb kürzester Zeit am hölzernen Steg festmachten. Sie hatten des Öfteren Walfänger auf dem Weg in die Beringstraße an ihrem Hafen vorbeifahren sehen, aber nie hatte einer bei ihnen festgemacht. Ebenso fand das Segelschiff große Bewunderung. Es wurde von allen bestaunt. Die Schäden des Sturmes waren unübersehbar. Dr. Bornholm war an Bord gegangen. Das sorgte für Aufregung unter den Leuten. Der Doktor war schon seit einer Stunde an Bord. »Was war geschehen?«, fragten sich die Fischer in ihrer Landessprache.

Die Entscheidung

Aufgeregt las Dr. Goldstrom den Brief seiner Frau, der mit dem letzten Versorgungshelikopter gekommen war. In den Monaten der Trennung schrieben sie sich des Öfteren in Papierform, da die Internetverbindung schwer herzustellen war. Draußen heulte der eisige Wind. Fahles Licht drang durch die verschneiten Fenster. Er schob das Blatt dichter unter die Lampe des Schreibtisches, um die kleinen, fein säuberlich geschriebenen Buchstaben zu lesen.

Er lächelte zufrieden, während er die Worte seiner Frau las. Sie berichtete von Alltäglichem, aber vor allem wie sie ihn vermisse. Er liebte ihre Briefe, ihre Formulierungen. Sie fand immer die richtigen Worte. In der eisigen Umgebung strahlten sie stets Wärme aus. Doch jetzt stutzte er. Er beugte sich tiefer über das Geschriebene. Er runzelte die Stirn und ballte seine Faust, als er die letzten Zeilen las.

Hastig stand er auf. Der Stuhl, auf dem er saß, fiel um. Verwirrt hob er ihn auf, während er mit der anderen Hand den Brief in seine Westentasche steckte. Alles im Raum schien ihn anzustarren, die Zeit schien stehen zu bleiben. Der Moment forderte eine Entscheidung. Entschlossen fing er an, Kleidungsstücke aus dem Blechspind in eine Reisetasche zu werfen. In seinem Kopf arbeitete es. Sie hatten ihm gedroht, dass seine Familie Schwierigkeiten bekommen könnte. Er dachte, es würde genügen, die Kinder nach Hause zu schicken.

Gedankenverloren rieb er sich den rechten Arm, an der Stelle, wo ihn der vor Muskeln strotzende Riese gepackt hatte. Der blaue Fleck war erst vor zwei Tagen verschwunden.

»Wat hamse denn vor? Wollense verreisen?«

Mathilde Trautman stand mit einer Tasse Kaffee in der Rechten und einer Zigarette in der linken Hand im Gang.

»Sie ist eine schlechte Meeresbiologin, wenn man sie mit Sarah vergleicht«, dachte er. In der kurzen Zeit war sie ihm ganz schön auf die Nerven gegangen. Überall lagen ihre Zigarettenkippen herum. Sie schien es sich zum Ziel gesetzt zu haben, die Station von Grund auf umzuräumen, um die perfekte Unordnung zu schaffen. Ebenso schlampig waren ihre Aufzeichnungen. Ihm war bis jetzt nie so recht bewusst, wie er seine beiden Kinder vermisste. Wie stolz er auf sie war.

»Das hätte ich schon vor einer Woche tun sollen«, antwortete er ihr und zog mit einem Ruck den Reißverschluss der Tasche zu. Mathilde Trautman zuckte zusammen, wobei sie ein wenig Kaffee verschüttete.

Sie sah ihm nach, wie er mit dem Motorschlitten in Richtung Thule losfuhr.

»Hat der det aber eilig«, dachte sie laut. Sie stellte die Tasse Kaffee auf den Tisch und nahm die Zigarette in den Mund. Als sie das Funkgerät auf den richtigen Kanal eingestellt hatte, warf sie die Zigarette in den Kaffee. Es klang wie das Zischen einer Schlange, als die Glut in der braunen Brühe erlosch. Sie dachte einen Moment nach. Sie hatte es sich einfacher vorgestellt. Das Geld und den Job auf der Station konnte sie gut gebrauchen, aber jetzt tat es ihr leid. Sie kam sich schäbig vor, als sie die Sprechtaste drückte.

»Lager an Basis, EISBÄR AUS DEN AUGEN VERLOREN. Over.«

Nach einigen Sekunden rauschte es aus dem Äther:

»Basis an Lager – verhalten Sie sich ruhig, wir kümmern uns darum. Over.«

Sie schaltete das Gerät wieder ab.

»Det war's, ein kleener Funkspruch, weiter nüscht. Deswejen brauch ick mir doch nich verrückt machen«, dachte sie.

Sie zündete sich eine neue Zigarette an. Mit zitternden Fingern inhalierte sie und blies den Rauch durch die Nasenlöcher in den Raum. Blaue Nebelschleier breiteten sich an der Decke aus.

Vadsø lag im dichten Nebel. Die Bewohner blieben in ihren Hütten, da an ein Auslaufen mit den Booten nicht zu denken war. Ab und zu wurde in den Holzhütten, die sonst so bunt waren, aber durch den Nebel in eintönigem Grau erschienen, ein Vorhang beiseitegeschoben, um zu sehen, ob sich bei den beiden Schiffen am hölzernen Kai etwas regte. Der Arzt hatte sich lange auf dem Segler aufgehalten. Als er von Bord ging, schüttelte er besorgt den Kopf. Der Inuk, der zur Crew der jungen Leute gehörte, schien schwer krank zu sein.

Der Walfänger sorgte ebenso für Gesprächsstoff. Die Mannschaft war nicht von Bord gegangen, niemand wusste, weshalb sie hier angelegt hatten. Bedrohlich schwarz zeichneten sich die Konturen des rostigen Stahlkolosses im grauen Nebel ab.

»Ja, wir sind in Vadsø. Wir haben einen Schwerkranken an Bord.«

Das metallische Klirren des Eine-Krone-Stücks, das Lucas nachgeworfen hatte, endete im Bauch des einzigen Telefons im Dorf. Die Kommunikationsgeräte waren bei der Sturmfahrt nass geworden. Sie lagen zum Trocknen auf dem Kajütdach der Polarstern.

»Wir müssen auf den Rettungshubschrauber warten. Hallo ... hallo, sind Sie noch dran?«

Am anderen Ende der Leitung hörte man ein leises Knacken, bis eine vertraute Stimme ihm antwortete.

»Vater, bist du es? Ich dachte, du wärst auf der Station.«
Er drückte den Hörer fester an sein Ohr, um der schlechten Verbindung entgegenzuwirken.

»Du kommst her? Das ist toll, du musst …«
Das Gespräch wurde jäh unterbrochen, als eine große Hand die Gabel drückte, sodass sie fast brach. Er drehte sich um. Er musste zu dem Fremden aufschauen, um ihm ins Gesicht sehen zu können. Er hatte ein ungutes Gefühl, als er das hämische Grinsen des muskelbepackten Mannes bemerkte. Dieser wollte mit Sicherheit nicht telefonieren. Er konnte sich nicht denken, dass der Mann mit den kohlrabenschwarzen, alles durchdringenden Augen ihn irgendetwas fragen wollte. Nein, er hatte kein gutes Gefühl. Sein Gesicht wurde kreidebleich. Seine Knie begannen zu zittern. Er war bis jetzt nie in so einer Situation gewesen, noch nie wurde er so massiv von jemandem bedroht. Gewiss, in der Schule gab es schon einmal Drohungen, die er einfach ignorieren konnte, aber dieser Mann, der wie ein Gorilla vor ihm stand, war nicht leicht zu ignorieren.

»Ich würde vorschlagen, dass eure kleine Expedition jetzt zu Ende ist«, brummte der Mann und verschränkte die Arme, um dem Gesagten Ausdruck zu verleihen. Lucas, der ihm am liebsten zugestimmt hätte, um sich den zu erwartenden Ärger zu ersparen, antwortete mutig:

»Wer sagt das?«
Rudolf wurde wütend. Es war schon das zweite Mal in letzter Zeit, dass jemand seine Autorität untergrub, indem er ihm widersprach. Er packte Lucas am Kragen, sodass Teile des Pelzes, der die Kapuze umsäumte, abrissen und wie die Federn eines gerupften Huhnes zu Boden segelten.

»Hab ich mich nicht deutlich ausgedrückt? Reicht es

nicht, wenn ich das sage, hä?«, schrie er ihm ins Gesicht und eine Wolke von Knoblauchgeruch umhüllte ihn. Lucas rümpfte die Nase.

»Was ist, wenn wir weitermachen?«, fragte er vorsichtig und hoffte, dass jemand ihn sah, bevor die Situation eskalierte.

Rudolf ließ ihn wieder los, um seine Arme triumphierend zu verschränken. Sein Gesicht verwandelte sich in ein breites Lächeln. Lucas wollte die Zeit, bis er antwortete, nutzen, um sich einen Fluchtplan zurechtzubasteln, als er resignierend die Worte vernahm:

»Noch geht es eurem beschissenen Tora gut, aber der Boss hat gesagt, ich kann dann mit ihm machen, was ich will.«

Lucas setzte sich auf die Stange mit den Telefonbüchern. Während er bedroht wurde, dachte er, es könne nicht schlimmer kommen, aber da hatte er sich geirrt. Er hatte es schon aufgegeben, dass jemand in diesem dichten Nebel, wie man ihn sich in London oder in einem Edgar-Wallace-Film vorstellen konnte, vorbeilaufen würde.

»So endet unser großes Forschungsprojekt«, dachte er bei sich und antwortete ihm:

»Lasst ihn frei, wir geben auf.«

»Ihr werdet alle mit diesem Hubschrauber fliegen. Tora bleibt bei uns, bis ihr in der Frankfurter Zeitung eine entsprechende Anzeige aufgegeben habt.«

»Woher weiß dieser Mann so gut Bescheid? Wo sind wir da nur reingeraten?«

Rudolf war schon am Gehen, da rief er ihm nach:

»Wer garantiert uns, dass ihr ihn laufen lasst?«

Er bekam als Antwort nur ein hässliches Lachen, das sich im Nebel hallend entfernte. Jetzt war er allein. Die Wunde an seiner Stirn pochte. Er hörte das Besetztzeichen aus dem am Kabel baumelnden Hörer. Benommen legte er ihn auf die Gabel. Vorsichtig schaute er in den Nebel, ob der Spuk vorbei war, dann ging er zügig zurück zum Schiff. Sarah kauerte neben Nanuuks Koje, ihre Augen waren verweint.

»Sie hat sich verändert«, dachte er. Früher hatte sie nie offen geweint und nun war es schon das zweite Mal, dass er sie so sah. Er konnte ihr es nicht sagen. Wenn sie sich in Tora verliebt hatte, würde sie überstürzt handeln und ihn damit gefährden. Nein, sie mussten sich der Gewalt beugen, um ihn zu retten.

»Vater kommt zu uns«, sagte er und verschwieg den Rest.

Sie blickte ihn hoffnungsvoll an. Ein Blick, der eben noch Verzweiflung barg und nun Geborgenheit suchte. Die Geborgenheit der Familie.

»Wo ist er jetzt?«, fragte sie mit zitternder Stimme.

»In Thule. Er fliegt mit einem Militärhubschrauber direkt hierher. Er wird gleichzeitig mit unserem Helikopter eintreffen.«

Er setzte sich auf die gegenüberliegende Koje. Müde betrachtete er die Scherben ihres so erfolgversprechenden Unternehmens. Nanuuk lag ruhig da, er atmete leise und für einen Moment konnte man denken, er wäre tot. Der Arzt hatte nichts Konkretes gefunden. Aber wenn man diesen Dorfarzt selbst bei objektiver Betrachtung beurteilen würde, machte er den Eindruck, er könnte nicht einmal bei einer Mandelentzündung etwas Konkretes finden. Seine Gedanken wurden durch ein dumpfes Grollen vertrieben. Schlagartig wurde ihm bewusst, was dies zu bedeuten hatte.

»Die Schweine hauen ab!«

Mit einem Satz war er aufgesprungen und eilte zum Kajütaufgang.

»Was meinst du damit?«, schrie sie ihm nach.

Er sah, wie sich die massige Bordwand der Geist an ihm

vorbeischob und ins alles verschlingende Nichts des Nebels verschwand. Er hatte in seiner verzweifelten Wut nicht das Platschen eines ins Wasser springenden Körpers gehört. Erst Sarah sah schemenhaft den entkräfteten Schwimmer im eiskalten Wasser des Hafenbeckens.

»Oh Gott, wir müssen ihn da rausholen!«

Sie deutete in die Richtung der gurgelnden Laute eines Ertrinkenden. Lucas war mit einem gewagten Satz in das achtern befestigte Zodiac gesprungen. Mit drei kräftigen Ruderstößen hatte er ihn erreicht. Hastig zog er den nassen Körper ins Schlauchboot. Es war Tora. Hustend spuckte er Wasser.

»Danke. Ich hätte es keinen Meter weiter geschafft.«

Er musste wieder husten.

»Du musst schleunigst ins Warme!«

An Bord hüllten sie ihn in Wolldecken und gaben ihm im Salon heißen Tee zu trinken. Er wirkte ausgezehrt, die drei Tage in Gefangenschaft hatten ihm zugesetzt. Doch langsam kam wieder Leben in sein Gesicht, als er spürte, wie die Wärme des Tees und seiner Freunde sich in ihm ausbreitete. Er freute sich auch, Sarah wiederzusehen. Erst nach der Trennung wusste er, wie sehr er sie vermisste. Immer wieder hatte er von ihr geträumt, wie sie ihn anschaute, mit Augen, deren Glanz er unbeschreiblich fand. Er sehnte sich nach einer Umarmung von ihr.

»Was ist passiert?«, fragte Sarah besorgt, die überglücklich war, ihn wiederzusehen, und unbändige Wut verspürte, dass ihm jemand so etwas angetan hatte.

Sie sahen sich sekundenlang tief in die Augen, bis er mit einer Gegenfrage abrupt das Thema wechselte.

»Wo ist mein Vater?«

Das Geschwisterpaar schaute sich hilflos an. Tora stand auf und warf die Decke weg.

»Was ist mit ihm?«

Sein Gesicht wirkte erschrocken.

»Er liegt vorne, ihm geht es nicht gut«, antwortete ihm Lucas bedrückt.

Tora rannte in die Kabine seines Vaters. Die beiden folgten ihm. Hastig durchsuchte er das Gepäck.

»Was tust du da?«, fragte Sarah verwundert.

»Er muss sie doch irgendwo haben.«

Ein kleines holzgeschnitztes Etui fiel zu Boden. Er hob es auf und nahm etwas heraus. »Schnell, holt ein Glas Wasser!«

Er steckte es ihm in den Mund. Sarah brachte das Glas. Vorsichtig schüttete sie es nach. Nanuuk schluckte.

»Vater, du musst durchhalten! Es tut mir so leid, was ich gesagt habe.«

Er legte den Kopf auf die Brust seines Vaters. Langsam hob sich Nanuuks Hand. Er umarmte Tora. Die faltigen Augen öffneten sich, eine Träne lief die Wange herunter. Es war wie ein Wunder. Sarah und Lucas waren fassungslos. Sie hatten nicht gewusst, dass Nanuuk irgendwelche Medizin benötigte, da er ja seit ihrer ersten Begegnung einen robusten Eindruck machte. Wenn Tora nicht im richtigen Augenblick dagewesen wäre, hätte es zum Schlimmsten kommen können. Die Gesichter der beiden wurden kreidebleich.

»Nachdem das mit Mutter passiert war, zerfraß die Trauer meinen Vater. Sein Herz wurde schwächer, bis er einen Anfall hatte. In der Klinik bekam er dann diese Pillen verschrieben«, erklärte Tora mit zitternder Stimme.

Mit einem freudigen Lächeln half er Nanuuk, sich aufzurichten. Etwas unsicher saß er da, er benetzte mit der Zunge seine ausgetrockneten Lippen.

»Nanuuk waren auf Reisen, haben viel Dunkles gesehen. Tora mir geben Grund, wieder zurückzukehren.«

Er umarmte Tora und drückte ihn fest an sich.

»Es tut mir so leid, dass ich dir die Schuld am Tod von Mutter gab. Er hat mir alles erzählt.«

»Tot. Ich bin tot«, dachte er, als die Mündung von Rudolfs 357er Magnum auf ihn gerichtet wurde. Steins ursprünglicher Plan war fehlgeschlagen. Die letzten Minuten waren etwas hektisch gewesen, aber der Junge war hoffentlich in Sicherheit. Es würde nichts, was geschehen war, wiedergutmachen, doch er fühlte sich jetzt schon besser.

Wortlos zielte Rudolf auf ihn und wartete auf eine Erklärung. Eine Erklärung, die, egal wie sie ausfiel, nur mit dem beantwortet werden würde, was er schon seit geraumer Zeit mit ihm vorhatte. Ihm war gleichgültig, wie wortgewandt er sich aus dieser Situation herausredete, er würde ihm all seine Verachtung und seinen Sarkasmus heimzahlen.

Doch Stein sagte nichts, er blieb ganz ruhig. Die Zeit schien stillzustehen. Knarrend öffnete sich eine Tür im Korridor. Rudolf schaute hinter sich. Im gleichen Moment ergriff Stein Rudolfs Waffe. Daraus entstand ein verzweifelter Ringkampf. Der Übersetzer stand in der Tür und schaute entsetzt auf das Geschehen. Donnernd löste sich ein Schuss. Im Bruchteil einer Sekunde bahnte sich die Kugel einen Weg durch Textilfasern und menschliches Gewebe. Sie hinterließ eine brennend heiße, schmerzende Spur in Kapitän Steins Schulter und durchschlug splitternd das Glas eines Fensters in der Bordwand.

Rudolf schaute verzweifelt zu dem Portugiesen.

»Es war Notwehr. Er hat mich angegriffen«, stammelte er. Stein nutzte die Verwirrung, stand auf und mit letzter Kraft hechtete er durch die zerbrochene Scheibe über Bord. Das eisig kalte Wasser raubte ihm fast die Sinne. Er spürte einen harten Gegenstand und hielt sich mechanisch daran fest. Er erkannte schemenhaft eine Rettungstonne. Entkräftet zog er sich an den Sprossen hoch.

»Ich muss ausruhen, nur ein paar Minuten ausruhen.«

Seine Worte klangen erstickend schwach.

Die Geist verschwand im Nebel. Rudolf war sicher, dass der Kapitän den Sturz nicht überlebt hatte. Irgendwie hatte er auch recht, da die Situation des Verletzten nicht besser geworden war. Wie lange würde er es in dieser Lage aushalten? Von unbändigem Lebenswillen gepackt, zerrte er an dem eisernen Rad, um durch die stählerne Luke in das Innere der Tonne zu gelangen. Ächzend gab das modrige Gewinde nach. Er stieg zitternd ein und schaute sich um. Die Tonne musste schon einmal benutzt worden sein, denn die Signalraketen waren verbraucht. Mutlos setzte er sich auf die rostige Bank. Seine Verletzung schmerzte. Nein, er würde es nicht mehr lange aushalten.

Ein donnernder Schlag gegen die Tonne riss ihn aus dem Delirium des Selbstmitleids und der Verzweiflung. Er schleppte sich zur Luke und sah nach draußen. Es war nichts zu sehen. Da kam der zweite Schlag. Etwas hatte die Tonne so heftig gerammt, dass sie ins Schaukeln kam.

»Haie, verdammt noch mal. Denkt wohl, ihr könnt euch hier durchbeißen?«, schrie er ins Wasser.

Kapitän Steins Blut hatte sie angelockt. Nun folgten die halbblinden, alles fressenden Räuber der Meere der verlockenden Spur. Sie bissen blindwütig zu, auch wenn es Metall war, auf dem das Blut klebte. Unzählige messerscharfe Haizähne brachen daran ab. Doch die Attacken wurden nicht weniger, da sie durch das Schaukeln der Tonne zusätzlich provoziert wurden.

»Haut ab, ihr Blutsauger, ihr verderbt euch ja doch nur den Magen an mir«, schrie er sie an.

Mit einem ächzenden Krachen wurde die Tonne von einer weiteren Attacke erschüttert. Stein verlor das Gleichgewicht und fiel auf den stählernen Boden. Ihm schwanden die Sinne. Tiefstes Dunkel umhüllte seinen Geist. Er fühlte Kälte. Eine Kälte, die vom ewigen Eis kam.

Funkelnde Sterne, welche die Grenzen der Unendlichkeit markierten, säumten den tiefschwarzen Himmel. Neben ihm stand Rudolf. Mit einem kräftigen Tritt brach er die Tür der kleinen Hütte weit außerhalb der Siedlung auf. Sie traten ein. Die Frau war allein. Wo steckte ihr Mann nur? Sein Hundeschlitten stand draußen. Rudolf zog seine Pistole aus dem Schulterhalfter und richtete sie auf die ängstlich wimmernde Frau.

»Bist du wahnsinnig? Wir sollten ihm doch nur Angst machen. Sie hat damit nichts zu tun.« Stein schlug ihm die Waffe runter. Die Frau lief schreiend nach draußen. Sie hörten nur einen dumpfen Schlag, danach war es still.

»Lass uns verschwinden, bevor die Leute aus dem Dorf kommen.«

Er steckte mit einem sadistischen Grinsen die Waffe zurück in das Halfter.

»Oh Gott, sie ist tot!«

Rudolf packte ihn am Kragen und schlug ihm ins Gesicht. Er spürte, wie seine Wangen brannten. Unzählige Nächte verfolgte ihn dieser Albtraum, aber noch nie hatte er dabei Rudolfs Schläge gespürt. Noch ein Schlag mit der flachen Hand landete auf seiner Wange. Verschwommen sah er Toras Gesicht. Erschrocken sprang er auf und sah sich um.

»Wo bin ich?«, fragte er verwundert.

»An Bord der Polarstern. Wir haben Sie in der Rettungstonne entdeckt. Sie waren bewusstlos.«

Er spürte den brennenden Schmerz der Schusswunde. Als er sich die Schulter hielt, bemerkte er den frischen

Verband, den sie ihm während seiner Ohnmacht angelegt hatten.

»Was sind das für Menschen?«, dachte er.

»Warum haben sie mich gerettet?«

Er ließ beschämt den Kopf sinken, um niemandem in die Augen sehen zu müssen. Eine forsche Stimme unterbrach ihn in seinen Gedanken.

»Werden Sie alles der Polizei erzählen, was Sie Tora erzählt haben?«

Er schaute langsam auf und sah einen energisch wirkenden Mann mittleren Alters. Er hatte eine sportliche Statur. Die hohe Stirn hatte er in Falten gelegt. Das musste der Vater des Geschwisterpaares sein, dem Rudolf vor einiger Zeit einen Besuch abgestattet hatte.

»Ich habe lange genug zugesehen. Ich hoffe, er wandert dafür in den Knast.«

Sie spürten eine leichte Erschütterung, als das Boot der norwegischen Küstenwache an der Polarstern anlegte. Sie hatten es während Steins Bewusstlosigkeit gerufen. Stein leistete keinen Widerstand und die Beamten nahmen sein Geständnis zu Protokoll. Mit der Bitte, sich in geraumer Zeit noch einmal bei den norwegischen Behörden zwecks Zeugenaussage in eigener Sache zu melden, verabschiedeten sich die Polizisten von der Crew des Zweimasters.

»Hoffentlich sind beide tot!«

Die geballte Faust Kalfsteins knallte auf den schweren Marmortisch. Der schmächtige Buchhalter zuckte erschrocken zusammen und schaute verwirrt zum Fenster, als ob er es überhört hätte. Er wollte nichts damit zu tun haben, jetzt aber war er schon mittendrin. Seine kühlen Berechnungen der bestehenden Möglichkeiten, großen Profit zu generieren, waren ja das Holz im lodernden Feuer, das sich in Kalfsteins Augen spiegelte, wenn es um Geld und Macht ging.

»Nun zu Ihnen. Was verschafft mir die Ehre Ihres Besuches?«

Kalfstein blickte ihn fordernd an.

»Einer unserer Walfänger hat eine große Walschule ausgemacht. Ich habe mir erlaubt, alle Schiffe dorthin zu beordern einschließlich der Geist. Eine solche Menge von Walfleisch könnte den Markt noch einmal aufblühen lassen und wir hätten die fehlende Summe, um eine Fusion zu verhindern.«

Ein zufriedenes Grinsen machte sich auf Kalfsteins Gesicht breit.

»Sehr gut. Ich denke, eine kleine Kreuzfahrt würde mir guttun. Fordern Sie den Hubschrauber an, ich werde ein paar Tage auf der Antiqua verbringen. Das Schauspiel lasse ich mir nicht entgehen.«

Eine Stunde später durchschnitten messerscharfe schwarze Rotorblätter zischend die schmutzige Luft über New Yorks Wolkenkratzern. Der weiße Hubschrauber mit der Aufschrift »Kalfstein Company« gewann an Höhe und ließ das dunstverhangene Grau hinter sich.

Die Tanks waren schon fast aufgebraucht, als der Pilot die Maschine sanft auf dem Deck der Vierzig-Meter-Jacht landete. Auf dem Heck stand in großen goldenen Buchstaben »Antiqua«. Kalfstein hatte sie sich in den Jahren des Aufschwungs »gegönnt«, wie er immer zu sagen pflegte. Sie bedeutete ihm aber weitaus mehr. Sie war für ihn ein Symbol der Macht und des Wohlstandes geworden. Strahlend weiß hob sie sich vom Blau des Ozeans ab. Die Konturen unterbrochen vom Schwarz der getönten Scheiben. Sie führte zwei Sechs-Meter-Offshore-Boote auf dem Zwischendeck mit. Der luxuriös ausgestattete Salon hatte schon unzählig viele Partys gesehen. Partys, auf denen sich die einander übertrumpfenden, aufgeblasenen Gäste der sogenannten »feinen Gesellschaft« tummelten. Er beschrieb sie so, wenn er sich wieder einmal bei seinem Steward darüber beklagte, wie er diese Feiern hasste, sie aber nötig waren, um bei der High Society nicht in Vergessenheit zu geraten. Einige Treppen und Gänge weiter, etwa unter der Brücke, befand sich sein Reich. Er hatte sich alles so herrichten lassen wie die Kabinen der Onassis. So ließ sich die Bordwand öffnen und gab den uneingeschränkten Blick auf das Meer frei.

Wenn sein Vorhaben misslang, würde er all das verlieren. Für ihn gab es kein Zurück. Er war immer nur vorwärtsgegangen. Er war bereit, über Leichen gehen. Er saß da, zündete sich abermals eine seiner dicken Zigarren an und blickte durch die geöffnete Bordwand auf das durch die Sonne silbern schimmernde Meer.

Die Bedrohung

Etwa zweihundert Seemeilen entfernt von Kalfsteins Jacht, weit von der Flotte der sich versammelnden Walfänger und fünfzig Seemeilen bis zur Polarstern, die ihren Kurs unbeirrt hielt, durchbrach die Stille der sanften Wogen laute Rockmusik vermischt mit dem Röhren eines Motors. Fünfhundert PS starke Perkins Diesel trieben den Rumpf einer älteren, ungepflegten Motorjacht durch das salzige, eiskalte Wasser. Die Maschinen verstummten. Das Boot trieb in der ruhigen See. Nur die laute Musik tönte mit hämmernden Rhythmen, die einen Schwarm Möwen aufscheuchte.

»Hol noch 'n Bier, Harry!«

»Hol's doch selber!«

Darauf folgte ein lautstarker Rülpser.

»Ach, zum Teufel.«

Larry Hackmann stand stöhnend von der Sitzbank in der Plicht auf, um sich sein Bier in der Kajüte selbst zu holen. Immer noch dröhnte die laute Musik aus den Boxen eines am Cockpit festgebundenen CD-Players. Harry überprüfte, ob an einer der Angeln am Heck etwas angebissen hatte. Dabei nahm er sie wie eine Gitarre und imitierte ein Solo, das gerade in einem Musikstück gespielt wurde.

»Hey, Harry, was man nicht kann, soll man lieber sein lassen.«

Larry lachte lauthals über die Verrenkungen seines Freundes. Die beiden Amerikaner verbrachten ihren Urlaub auf dem gecharterten Boot. Sie waren vor fünf Tagen in Alaska gestartet, um vor den eisigen Küstenregionen zu fischen. Beide hielten sich für Draufgänger und fühlten sich der rauen Natur gewachsen.

»Was ist? Brauchst nicht gleich eingeschnappt zu sein.«

Harry stand wie versteinert da und fing an zu stottern.

»D... d... da, sieh d... d... doch.«

Die Angel landete auf dem Deck. Er zeigte mit zitterndem Finger aufs Meer. Hunderte von Walen tauchten auf. Das Boot mit den beiden Amerikanern mittendrin.

»Hast du so etwas schon mal gesehen?«

Panisch zog Larry die zweite Angel ins Boot, da er befürchtete, so ein Riese könnte anbeißen.

»Wie kommen wir hier wieder raus?«

Harry setzte sich und hielt sich krampfhaft an der Bordwand fest.

»Ganz ruhig bleiben, das schaffen wir schon.«

Larry startete die Maschinen. Im gleichen Augenblick bildeten die Wale eine Gasse. Er sah es und drückte den Gashebel durch. Das Boot bäumte sich auf. Sie fuhren in voller Gleitfahrt durch die Wasserstraße der Wale. Die Rockmusik und das Dröhnen der Maschine wurden leiser, bis sie endgültig verschwunden waren. Dieses Erlebnis würden die beiden nie vergessen. Sie würden es zu Hause ihren Freunden erzählen. Sie würden ihnen gutmütig zuhören und es für die üblichen Geschichten halten, die man sich von großen Reisen eben so erzählt. Sie erzählen es Jahre später ihren Enkeln, in einer Zukunft, in der man die Wale nur aus Geschichten kennt. Denn es war die letzte große Walschule.

Es waren um die fünfhundert Tiere. Sie fühlten sich wohl, da sie ihr Leittier wiedergefunden hatten. Ceeta war zu ihnen gestoßen. Jetzt schwamm er durch die Herde und begrüßte jedes einzelne. Liebevoll strichen lange weiße Flossen über seinen Körper. Alle stimmten ein zu einem

Gesang, der schon seit Jahrhunderten überliefert wurde. Es war ein mächtiges Konzert, welches über mehrere Wasserschichten zu hören war. Die stärksten Walbullen bildeten zusammen mit Ceeta einen Kreis. Die wuchtigen Köpfe ragten in die Tiefe. Senkrecht schwebten die Titanen der Meere im unendlichen Blau der See. Sie sangen über fünf Stunden, verharrend in derselben Position. Ein Verhalten, das schon von einigen Forschern beobachtet worden war. Eine Erklärung ist man bis heute schuldig geblieben.

Auf der Polarstern wurden die Töne aufmerksam vernommen. Lucas hatte während der Fahrt das Hydrophon abgesenkt. So konnte er die etwaige Herkunft der Gesänge feststellen. Sie bekamen ein schwaches Signal des Senders, der immer noch funktionierte.

»Dreihundertsechzig Grad Nordost!«, schrie er Tora zu, der am Steuer stand. Die weißen Segel flatterten bei der Kurskorrektur, um darauf wieder stramm im Wind zu stehen dank Sarahs flinkem Zug an den Winden. Sie lächelte ihm zu. Er erwiderte es sehnsüchtig.

Es hatte sie beeindruckt, mit welchem Geschick er den Baum des zweiten Mastes reparierte. Mit Metallstreifen und Schrauben flickte er das Holz wieder zusammen, sodass die Polarstern unter vollen Segeln laufen konnte. Jetzt stand sie neben ihm am Steuer. Sie war nahe dran, ihren Arm um seine Schulter zu legen. Zufrieden beobachtete Nanuuk die beiden vom Bug aus. Auch Lucas war es nicht entgangen, dass es etwas mehr war, als »sich nur gernhaben«.

»Für eine Übersetzung sind die Gesänge zu weit«, sagte Lucas zu seinem Vater, der ihm mit bewunderndem Blick über die Schultern schaute. Sein Sohn war schon von klein auf von Computern fasziniert. Schnell hatte er gelernt und sich auf diesem Gebiet immer weiterentwickelt. Was er aber jetzt innerhalb weniger Monate geleistet hatte, war einfach genial. Er war stolz auf seine Kinder. Sie hatten ihm alles berichtet. Auch die Aufzeichnungen waren sorgfältig geführt worden. Es war einfach faszinierend, kein Wunder, dass Sarah böse auf ihn war, als er so wenig Interesse gezeigt hatte.

»Kannst du mit ihnen reden?«, fragte sein Vater neugierig.

»Ich konnte bisher nur einzelne Worte übersetzen. Für ganze Sätze braucht es viele Beobachtungen, um Verhaltensmuster mit Tonfrequenzen zu vergleichen.«

»Ich denke, wir werden nicht mehr viel Zeit haben, in Anbetracht unserer Situation«, sagte sein Vater mit besorgter Miene. Er legte die Hand auf Lucas' Schulter. Der Abstand der Polarstern zur Walschule verringerte sich stündlich. Der Wind stand günstig und wehte beständig. Das Schiff machte unter Vollzeug zwanzig Knoten und konnte so die fünfzig Seemeilen an einem Tag bewältigen.

Als sie bei der Walschule ankamen, sangen die Walbullen unbeirrt in derselben Haltung. Im roten Schein der Mitternachtssonne wurden die Segel geborgen und der Treibanker geworfen. Die Polarstern befand sich etwa fünfhundert Meter von der Herde entfernt.

»Wahnsinn! Seht euch das an!«, rief Tora aufgeregt.

»So viele Wale habe ich noch nie auf einmal gesehen«, sagte Sarah. Ihr Gesicht erhellte ein freudiges Lächeln. Nanuuk stand am Bug. Er summte die gleiche Melodie, die sie schon von den ersten Begegnungen her kannten. Er hatte den seltsamen Kreis bemerkt. Nur die Fluken ragten aus dem Wasser und sie sangen eine sich immer wiederholende Melodie. Es waren seltsame, fast außerirdisch anmutende Klänge, die aus dem Lautsprecher tönten. Der Computer arbeitete auf Hochtouren. Verschiedene Tonfrequenzen wurden verglichen. Ein Ergebnis war bislang nicht in Sicht.

»Er findet keine Worte, nicht ein einziges. Ich versteh das nicht!«

Verzweifelt sank Lucas in den Stuhl.

»Du musst noch einmal alles überprüfen! Bestimmt hast du etwas übersehen«, versuchte ihn sein Vater zu ermutigen.

»Das habe ich doch schon getan. Das Programm findet einfach kein Verhaltensmuster, das zu den Tonvariationen passt. Der Gesang ist außergewöhnlich. Er gleicht keinem bisher aufgezeichneten Ritual. Er muss eine besondere Bedeutung haben!«

Inzwischen waren die anderen nach unten gekommen. Sie beobachteten gespannt das Geschehen. Lucas tippte einige Befehle, danach erhellte sich sein Gesicht.

»Ich weiß jetzt, warum der Empfang so schlecht war.«

»Nun sag's schon! Mach's nicht so spannend!«, warf seine Schwester ein.

»Also, er ist nicht wie gewöhnlich auf eine Wasserschicht gerichtet, um weit zu tragen, sondern nach oben.«

»Wieso sollten sie nach oben singen?«, fragte Vater.

»Keine Ahnung.«

»Seien Ritual von Wale, Nanuuks Stamm haben schon seit Generationen gesehen. Wale reden mit Götter!«, erklärte Nanuuk.

»Deshalb summst du immer diese Melodie«, stellte Sarah fest.

»Nanuuks Stamm so im Geiste mit Wale verbunden, uralte Tradition. Nanuuk können nicht lassen«, antwortete er und lächelte sie verschmitzt an.

»Tut mir leid, aber das mit den Göttern kann ich nicht glauben. Es muss einen anderen Grund dafür geben«, meinte der Vater.

»Wie gesagt, wir haben leider zu wenig Zeit, das herauszufinden.«

»Lasst uns tauchen. Diese einmalige Gelegenheit will ich mir nicht entgehen lassen. Kommst du mit? Du könntest die Unterwasserkamera bedienen?«

Sie schaute Tora erwartungsvoll an.

»Du kannst meinen Anzug haben. Ich werde am Computer bleiben. Geht ihr zwei nur.«

»Ihr Turteltäubchen!«, konnte sich Lucas gerade noch verkneifen. »Aber die Gelegenheit ist nur zu günstig, die beiden zusammenzubringen«, dachte er.

Nachdem sie sich in die engen Taucheranzüge gezwängt hatten, ließen sie sich rücklings über die Reling fallen. Ohne die speziellen Neoprenanzüge würden sie in dem zwei Grad kalten Wasser erfrieren. So konnten sie jetzt aber den unbeschreiblich schönen Anblick der Wale genießen. Seite an Seite tauchten sie an den Riesen vorbei. Zufällig berührten sich ihre Hände. Sarah ergriff Toras Hand. Er schaute sie an. Sie zog ihn weiter. Es war wie ein Spaziergang zweier Verliebter, nur dass die Allee von sonnendurchwirkten Bäumen aus vom Meeresblau gefärbten Walen bestand. Plötzlich schwamm ein riesiger Walbulle auf sie zu. Wie erstarrt hielten die beiden still. Sie ließen ihn näher kommen. Sie erkannten gleich, dass es Ceeta war. Tora schaltete die Kamera ein. Der Koloss schwebte vor ihnen im Wasser. Er musterte sie. Sarah bewegte sich vorsichtig auf ihn zu. Sie schwamm auf seinen Rücken und hielt sich dort an der furchigen Haut fest.

»Zum Glück habe ich alles gefilmt. Das würde mir niemand glauben«, dachte Tora.

Ceeta schwamm gemächlich los. Sarah ritt auf ihm und Tora folgte in gebührendem Abstand, um nicht von Ceetas Fluke erschlagen zu werden. Sie schwebten an zwei Walweibchen vorbei, die mehrere Kälber hatten. Es sah aus wie eine Schule, in der die Kinder ausgelassen auf dem Pausenhof spielten. Drei andere Wale schienen miteinander zu spielen, indem sie eine alte Fischkiste aus Plastik umherschubsten. Sarah war glücklich, sie fühlte sich inmitten der Wale geborgen. Tora tippte sie an der Schulter. Er zeigte auf die Uhr der Sauerstoffflasche, sie mussten wieder zurück.

»Es ist einfach toll! Wie eine große Familie ... hoffentlich hast du alles gefilmt!«, sagte sie aufgeregt, nachdem sie wieder an Bord waren.

»Keine Sorge, ist alles im Kasten«, antwortete er.

»Na, ihr zwei, habt ihr euch da unten schön amüsiert?«, stichelte Lucas, der ihnen an Bord geholfen hatte. Sarah lächelte Tora bedeutungsvoll an. Dieser erwiderte es und ignorierte Lucas' Frage.

»Ihr müsst euch einmal anschauen, was ich aufgezeichnet habe, während ihr unten wart.«

Neugierig folgten sie ihm. Er tippte auf eine Taste und nach einigen Bildern von Tonfrequenzkurven erschienen auf dem Monitor die Worte

»KEINE GEFAHR; FREUND ...«

»War das Ceeta?«, fragte Sarah sichtlich erregt.

»Vermutlich. Ich kann die Herkunft der Töne noch immer nicht genau orten.«

Lucas hatte die letzten Worte nicht beendet, da hörten sie von draußen die Maschinen eines näher kommenden Schiffes. Tora war als Erster an Deck. Er hatte schon geahnt, was er entdecken würde. Erschrocken stellten auch die anderen fest, dass es sich um einen Walfänger handelte. Es war nicht die Geist, wie alle erst dachten. Dieses Schiff war kleiner. Es trug den Namen Oktopus. Es hatte keinen Schleppkran am Heck. Lediglich an der Harpunenkanone konnte man den Walfänger erkennen. Diese Schiffe waren schnell und wendig, sie benötigten aber ein Mutterschiff, zu dem sie die Beute transportieren konnten.

»Was will der hier? Buckelwale dürfen doch schon nicht mehr gejagt werden!«

Sarah ballte ihre Fäuste.

»Es werden eben nur Resolutionen gesetzt und von niemandem überwacht«, antwortete Lucas.

»Können wir nichts unternehmen?«, fragte Sarah und schaute hilflos ihren Bruder an.

»Ich fürchte nicht, unser Zodiac ist zu klein. Wir haben nicht einmal einen Außenborder.«

Lucas senkte traurig seinen Kopf. Der Walfänger stoppte die Maschinen und verlor an Fahrt. Die beiden ungleichen Schiffe standen sich nun gegenüber wie die Cowboys in einem Western. Die Walschule blieb immer noch auf ihrem Platz und machte keine Anstalten zu flüchten.

»Können wir sie nicht verjagen?«, fragte Sarah verzweifelt.

»Das sollten wir versuchen. Seht mal dort am Horizont!«

Tora deutete auf die dunklen Punkte, die sich langsam näherten.

»Oh Gott, das wird das Mutterschiff mit weiteren Walfängern sein.«

Verzweiflung breitete sich in Sarahs Gesicht aus. Sie erinnerte sich, was sie damals in der Bibliothek gelesen hatte. Wenn diese Schiffe über die Tiere herfallen, hätte dies verheerende Folgen. Die Population der Wale könnte sich nie mehr erholen. Es war eine große Herde, die letzte. Sie waren im Begriff Zeugen ihres Untergangs zu werden.

»Ich versuche, sie zu warnen!«

Lucas eilte in die Kabine mit den Computern. Hastig gab er die entsprechenden Daten ein. Das Programm sollte Signale, die bei Situationen unmittelbarer Gefahr registriert wurden, senden. Da eine Übersetzung bis dato nicht im Register aufgenommen worden war, ersetzte er die fehlenden Worte mit GEFAHR und FLIEHEN. Die Festplatten begannen in gewohnter Weise zu surren. Er war sich nicht sicher, ob er damit Erfolg haben würde, hoffte es aber.

»Es hat keinen Zweck, sie kommen von allen Seiten!«, hörte er Tora von Deck her rufen. Er ließ das Programm laufen und hastete nach oben.

»Tatsächlich, die gesamte Flotte. Was haben die vor?«

Sie kannten das Vorhaben Kalfsteins nicht, würden es aber bald in allen schrecklichen Einzelheiten erfahren. Die Antiqua befand sich etwa eine Stunde von den Walen. Mit ihren 6000 PS und dem schnittigen Rumpf schaffte sie etwa sechzig Knoten. Es war für sie ein Kinderspiel, die Flotte einzuholen. Kalfstein saß in seiner Kabine und rieb sich die Hände. Seit Jahren hatte er dieses Knistern nicht mehr gespürt. Die Spannung vor einem großen Deal, die er immer genoss. Er war sich bewusst, dass er eine Tierart zum Aussterben verurteilte, sein Buchhalter hatte es ihm bei seinem letzten Gespräch klargemacht. »Dieser armselige Hund hat wohl ein schlechtes Gewissen bekommen. Geschieht ihm recht, dass ich ihn gefeuert habe«, dachte er und verzog sein Gesicht wieder zu diesem rattenhaften Grinsen. Man bekam den Eindruck, dass er sich dabei wohl fühlte, die Wale auszurotten.

»Man bekommt selten Gelegenheit, etwas Historisches zu tun«, dachte er.

Der glänzend weiße Rumpf der Antiqua schnitt durch das Wasser. Die Flotte war schon gut zu sehen, als Kalfstein auf die Brücke kam.

»Sie können loslegen!«, befahl er, dem Funker durchzusagen.

»Herr Kalfstein, ich habe einen Funkspruch erhalten,

dass sich ein Zweimaster namens Polarstern bei den Walen befindet«, sagte der Funker, der in einer Nische im hintersten Teil der Brücke saß. Kalfstein riss ihm das Mikrofon aus der Hand.

»Rudolf, hier Kalfstein, melde dich!«

Aus dem Äther knisterte es. Er wiederholte, bis sich die Stimme Rudolfs meldete.

»Ich denke, die Goldstroms sind in Frankfurt? Was zur Hölle ist passiert?«, schrie Kalfstein ins Mikrofon.

»Er ist entkommen, Chef – tut mir leid.«

»Hol mir Stein ans Mikro!«

Es folgten einige Sekunden Stille, Rudolf hatte ihm nichts davon erzählt, da er einen günstigen Moment abwarten wollte. Der günstige Moment war vorbei. Er musste es ihm erzählen.

»Er hatte einen Unfall, Chef. Er ist ausgerutscht und über Bord. Tut mir echt leid, Chef.«

Kalfsteins Kopf nahm eine rote Farbe an.

»Sorgt dafür, dass sie zu viel Wasser schlucken!«

»Verstanden, Boss, und danke!«

Kalfstein warf das Mikrofon auf den Funktisch und murmelte:

»Um dich kümmere ich mich später!«

Mit einem unerbittlichen Zischen flog die erste Harpune und explodierte tief im Fleisch eines Buckelwals. Der Wal bebte am ganzen Körper und tauchte ab. Im Schlepp die zweihundert Bruttoregistertonnen des Walfängers. Das Meer färbte sich an dieser Stelle rot vom Blut der Wunde. Bald würde er wieder auftauchen und den zweiten, tödlichen Schuss erhalten.

Sarah schrie auf, sie war den Tränen nahe. Die anderen waren entsetzt, sie ahnten, dass es nicht der einzige Abschuss sein würde. Nanuuk senkte seinen Kopf und Tora hielt Sarah in den Armen. Von achtern näherte sich die

Geist in voller Fahrt der Polarstern. Professor Goldstrom war der Erste, der den Walfänger bemerkte und schrie:

»Achtung, sie wollen uns rammen!«

Lucas hechtete ins Cockpit und drehte den Zündschlüssel um. Der Anlasser kurbelte erfolglos die Zylinder. Beim zweiten Versuch schob sich eine rußschwarze Rauchwolke aus dem knapp über der Wasseroberfläche gelegenen Auspuffrohr. Röhrend nahm die Maschine ihren Dienst auf. Es waren nur zehn Meter bis zur Kollision. Lucas legte den Hebel nach vorn und lenkte ein. Träge nahm die Polarstern Fahrt auf, jedoch nicht genug. Der Walfänger streifte das Heck. Mit einem lauten knirschenden Krachen verabschiedete sich das Ruder mitsamt dem Heckspiegel. Wasser drang in den Maschinenraum ein.

»Wir sinken!«, schrie Lucas entsetzt. Tora hatte schon die Kiste mit den Schwimmwesten aufgerissen und half Sarah, eine anzuziehen. Danach half er seinem Vater. Professor Goldstrom klammerte sich am Hauptmast fest. Im Gesicht war jegliche Farbe entwichen. Die Augen waren vor Entsetzen weit aufgerissen. Der Zweimaster sank langsam, der Bug ragte immer steiler in die Luft.

»Papa, du musst die Schwimmweste anziehen!«

Lucas versuchte, seines Vaters Arm vom Mast zu lösen.

»Das können die doch nicht einfach so machen!«, stammelte er und zog verwirrt die Weste an.

»Ich fürchte, die können noch viel mehr tun.«

Lucas starrte nach achtern.

Das Schlauchboot war am nicht mehr vorhandenen Heck befestigt und trieb ein paar hundert Meter vom Ort des Unglücks.

»Wir werden schwimmen müssen«, stellte er fest.

»Das wird verdammt hart, das Meer dürfte so um die zwei Grad haben.«

Tora hatte seine Hand ins Wasser gehalten und schnell wieder rausgezogen.

»Ich muss noch mal unter Deck«, sagte Lucas. Er machte sich daran, den in einem ungewohnten Winkel liegenden Kajütabstieg zu bewältigen.

»Bleib hier!«, schrie ihm Sarah nach, wurde aber von einem donnernden Knall unterbrochen, der alle aufschrecken ließ. Der harpunierte Wal war wieder aufgetaucht und hatte den Todesschuss erhalten. Eine blutende Fontäne sprudelte aus seinem Blasloch. Der letzte blutrote Atem färbte das Wasser um ihn rot. Er wand sich verzweifelt in den Tauen der zwei Harpunen. Dann starb er.

Eine tödliche Stille umgab alles. Nach einigen Sekunden sah sich Sarah um, die Walschule war getaucht und die Flotte hatte die Verfolgung aufgenommen. Buckelwale können bis zu zwei Stunden tauchen, aber bald würden sie ein letztes Mal Luft holen und sterben. Sie musste schlucken, heiße Tränen rannen über ihre Wangen.

Lucas kam gerade noch rechtzeitig raus, als der Bug sich langsam senkte. Die gute alte Polarstern hielt sich bis zum Deck über Wasser.

»Es geht doch nichts über ein Holzboot!«, sagte Lucas und versuchte etwas Hoffnung zu verbreiten, doch er sah nur in resignierte und verzweifelte Gesichter.

»Was wolltest du noch da drinnen?«, fragte Sarah.

»Ach, nichts. Nur Souvenirs.«

»Du spinnst ja!«

Nanuuk öffnete den kleinen wasserdichten Plastikbehälter, den ihm Sarah um den Hals gehängt hatte, und aß eine der Pillen. Er schaute auf und erschrak, als er sah, was auf sie zukam: »Unglück seien nicht zu Ende, es kommen noch dicker.«

Es war die Antiqua, die sich ihnen näherte. »Mein Gott, sie wollen uns den Rest geben«, sagte Lucas.

»Ich glaube nicht, dass der sich eine Schramme einfangen will.«

Tora hatte recht, die Jacht hielt längsseits. Eines der Off-shore-Boote wurde zu Wasser gelassen.

Wenig später fanden sich die fünf in einem luxuriös eingerichteten Salon auf dem Zwischendeck der Antiqua wieder.

»Ich schätze, wir kommen vom Regen in die Traufe«, sagte Professor Goldstrom, während er sich umsah. Alle hatten noch die rot leuchtenden Schwimmwesten an, wodurch sie in all dem Luxus etwas deplatziert wirkten.

»Wenigstens müssen wir nicht im kalten Wasser schwimmen«, versuchte Nanuuk die aussichtslose Situation zu umschreiben. Tora hatte zehn Männer in weißen Parkas gezählt, die sich um den Salon postiert hatten. Er hatte keinen Zweifel daran, dass sie hier nicht mehr lebend rauskommen würden. Schweißperlen bildeten sich auf seiner Stirn. Die Tür am Ende des Salons öffnete sich. Kalfstein betrat den Raum. Er stellte sich überlegen vor sie hin. Nach einigen Zügen an seiner Zigarre sprach er zu ihnen:

»Ihr wolltet mir also in die Quere kommen?«

»Wer sind Sie?«, fragte Professor Goldstrom energisch.

»Mein Name ist Kalfstein, von der Kalfstein Company, falls Ihnen das etwas sagt.«

Er nahm einen weiteren Zug an seiner dicken Zigarre und blies ihm den Rauch ins Gesicht.

»Können Sie Ihre Flotte nicht zurückrufen, bitte«, flehte Sarah ihn an.

»Wen interessieren schon ein paar Wale mehr oder weniger?«

»Sie sind ein gewissenloses Schwein!«, schrie sie. Lucas konnte sie gerade noch zurückhalten.

»Ja, ich bin gewissenlos, das mit dem Schwein will ich

überhört haben. Gewissen ist ein Luxus, den ich mir nicht leisten kann, und ich denke, ihr werdet mir langsam zu teuer, obwohl ich mich allmählich an euch gewöhnt hatte.«

»Was haben Sie vor?«, fragte Tora, der es sich eigentlich schon denken konnte.

»Welche Ironie des Schicksals, dass gerade ein Wal euch Tierschützer ins Jenseits befördert hatte. Wir haben alles getan, um euch zu helfen, konnten aber nur den Wal an Land ziehen.«

So würde er es den Behörden melden, die keinerlei Möglichkeiten hatten, irgendetwas auf hoher See zu rekonstruieren. Kalfstein beendete seine Ansprache mit einem grässlichen Grinsen.

»Du Dreckskerl, ich dreh dir den Hals um!«

Jetzt hielten Professor Goldstrom und Nanuuk Tora zurück, der Kalfstein angreifen wollte. Lucas bemerkte, dass die Männer in den weißen Parkas Pistolen hatten, die auf sie gerichtet waren. Kalfstein verließ den Salon und gab seinen Männern ein unmissverständliches Zeichen. Die Gefangenen wurden achtern zur Badeplattform geführt. Sie fingen an, erst Nanuuk, danach den anderen die Schwimmwesten abzunehmen.

»Lasst mich los, ich geb sie nicht her, ihr müsst mich schon erschießen!«, schrie Lucas und hielt krampfhaft seine Weste fest. Der Matrose löste seinen Griff, zielte aber dafür mit der Pistole auf ihn. Sarah schrie laut auf. Jetzt ging alles schnell. Keiner hatte damit gerechnet, dass ein riesiger Wal unmittelbar vor ihnen auftauchen würde. Die Männer mit den Pistolen erschraken. Tora nutzte dies aus und schlug dem, der auf Lucas zielte, die Waffe aus der Hand. Lucas reagierte blitzschnell und stieß ihn über die Reling ins Wasser. Sarah, Nanuuk und ihr Vater folgten dem Beispiel und entledigten sich auf diese Weise dreier

weiterer Gegner. Einer der Männer hatte auf den Wal geschossen, die anderen waren zurückgewichen.

»Es ist Ceeta!«

Sarah hatte den Sender an der Rückenfinne erkannt. Das
Offshore-Boot, mit dem sie an Bord gebracht wurden, war
noch an der Plattform festgemacht. Lucas war als Erster
an Bord gesprungen. Er warf die Maschinen an. Tora half
den anderen hastig beim Einsteigen. Als die Männer ihren
Schrecken überwunden hatten, fingen sie an zu schießen.
Eine Kugel flog dicht an Sarahs Ohr vorbei, eine andere
drang in den Kühlschlauch der Steuerbordmaschine ein.
Heißer Wasserdampf breitete sich lautstark im Maschinenraum aus. Ein mächtiger dumpfer Schlag erschütterte die
Antiqua. Die Männer stürzten aufs Deck. Ceeta hatte die
Jacht mit voller Breitseite gerammt, dann tauchte er ab. Sarah schaute zurück. Sie sah, wie sich die gewaltige Fluke erhob und sprudelnd versank. Ihre schwarzen langen Haare
wehten im kalten Fahrtwind. Sie vernahm das Donnern
der PS-starken Maschinen nur beiläufig. Sie wusste nicht,
warum er es getan hatte. Vielleicht hatten Wale wirklich
telepathische Kräfte. War sein Auftauchen nur ein Zufall
gewesen oder hatte er sie verteidigt? Sie würde es wohl nie
erfahren, solange es Menschen wie Kalfstein gab.

»Seht mal, da vorne!«

Lucas deutete auf den Horizont. Am rötlichen Himmel
zeichneten sich die Konturen von fünf Helikoptern ab.
Als sie sich schnell näherten, konnte man die Zeichen erkennen, die sie als Küstenwache auswiesen. Pfeilschnell
überflogen sie das entgegenkommende Offshore-Boot und
nahmen Kurs auf die Antiqua.

Lucas stoppte die Maschinen. Als er beidrehte, sahen
sie, wie sich unzählige Männer auf die Antiqua abseil-
ten. Wenig später nahmen die Hubschrauber Kurs auf

das Festland. Die Beamten mussten alles im Griff haben. Lucas steuerte das Boot wieder zurück zur Jacht. Auf der Plattform standen mit Maschinengewehren ausgerüstete Polizisten.

»Wir sind von dem Forschungsschiff Polarstern. Ein Schiff von Kalfsteins Flotte hat uns gerammt«, rief Lucas dem Polizisten zu.

»Erzählen Sie das Inspektor Hagen oben auf Deck.«

Die Beamten halfen ihnen beim Aussteigen. Auf dem Deck stand ein großgewachsener athletischer Mann in dunkelblauer Kampfuniform. Für so einen harten Job hatte er einen ungewöhnlich freundlichen Gesichtsausdruck. Sarah stürmte auf ihn zu und sagte:

»Er muss schnell seine Schiffe zurückrufen.«

»Das haben wir schon veranlasst. In zwei Stunden sind unsere Boote von der Küstenwache hier.«

»Woher wussten Sie, dass wir hier sind?«, fragte Professor Goldstrom.

»Kapitän Stein hat ein umfassendes Geständnis abgelegt. Er hatte den Funkspruch des Walfängers mitbekommen, der die Herde entdeckt hatte. Außerdem war Kalfstein noch in andere krumme Dinger verwickelt. Man konnte ihm aber bisher nie etwas nachweisen.«

Nanuuk trat vor den Inspektor.

»Haben Stein auch erzählt von Nanuuks Frau?«, fragte er mit trauriger Stimme.

»Wir haben einen Haftbefehl wegen Mordes und versuchten Totschlags für Rudolf Rabenberger. Er befindet sich zurzeit auf der Geist.«

»Die Flotte müsste jeden Augenblick hier sein«, sagte Lucas. Am Horizont sah man die Schiffe sich nähern.

Nanuuk fühlte sich erleichtert, dass man den Mörder seiner Frau gefunden hatte. All die Jahre hatte dies ihn gequält. Er setzte sich. Eine kleine Träne rann über die faltige, wettergegerbte Haut über die Wange. Tora legte den Arm auf seine Schultern.

Kalfstein wurde mit Handschellen aus dem Salon geführt und auf das Vorderdeck gebracht. Im Vorbeigehen sah er sie grimmig an und sagte selbstsicher:

»In ein paar Tagen haben mich meine Anwälte wieder draußen.«

»Abwarten«, entgegnete ihm Inspektor Hagen. Die Schiffe der Walfangflotte erreichten Kalfsteins Jacht. Sarah stellte erschrocken fest, dass drei der Walfänger erfolgreich waren. Sie hatten in Schwimmkörpern verschlungene Walkadaver im Schlepp. Ekel würgte ihre Kehle. Sie konnte gerade noch verhindern, sich zu übergeben. Auf der Geist wurde geschossen.

»Vermutlich will sich Rudolf nicht ergeben«, sagte Tora. Es fielen zwei weitere Schüsse, danach war es still. Nach einigen Sekunden wurde Rudolf herausgeführt. Er blutete an der Schulter. Nanuuk und Tora schauten ihn mit ernster Miene an. Er war der Mörder von Mutter und Frau. Rudolf senkte beschämt seinen Blick.

Die Polarstern wurde von zwei Küstenwachbooten in Schlepp genommen. An beiden Seiten waren Schwimmkörper festgezurrt, um ein Kentern zu verhindern. Lucas warf ihr einen wehmütigen Blick nach.

»Jetzt ist alles zerstört. Die ganze Arbeit war umsonst«, sagte Sarah zu ihrem Bruder. »Irrtum.«

Lucas öffnete den Reißverschluss seiner Schwimmweste. Er entnahm einen USB-Stick.

»Alles gespeichert. Ich brauche nur einen neuen Computer!«

Freudestrahlend hob er den Stick in die Höhe.

»Deswegen wolltest du deine Weste nicht hergeben. Er

hätte dich erschießen können«, sagte sein Vater und schüttelte verständnislos den Kopf.

»Ich dachte in dem Moment nur an die Daten.«

»Du bist verrückt, aber du hast alles gerettet!«

Sarah küsste ihren Bruder auf die Wange.

»Und was ist mit mir?«, fragte Tora.

»Wir werden uns alle umdrehen«, sagte Lucas grinsend. Sarah stellte sich vor Tora. Beide sahen sich tief in die Augen.

»Ich will, dass du nie wieder fortgehst!«, sagte sie. Dann küssten sie sich, sie wollten nicht mehr aufhören. Alles um sie herum verschwamm.

»Nanuuk verspüren große Freude, zwei Herzen sich gefunden.«

»Nun ja, ich erkenne meine Tochter nicht wieder«, sagte Professor Goldstrom verwirrt, da Sarah sich bisher mehr für die Wissenschaft als für Jungs interessiert hatte.

»Auf welchem Kontinent feiern wir die Verlobung?«, fragte Lucas mit unschuldiger Miene. Alle sahen sich an und mussten lauthals lachen. Es war ein befreiendes Lachen, das nach all den Strapazen und Gefahren aus ihnen hervorbrach.

Die seltsame Armada von ungleichen Schiffen zog Richtung Festland ins Morgengrauen der aufsteigenden Mitternachtssonne. Die See war wieder leer, als ob nichts gewesen wäre. Nichts war zu sehen, bis auf einen Schwarm Möwen, der stetig über einer Stelle zu kreisen schien.

ENDE

Über den Autor

D er Autor Marc Bäurle ist 1966 geboren. Schon lange hatte er sich mit seinem Lieblingstier, dem Buckelwal, beschäftigt und die Erhaltung dieser bedrohten Tierart war ihm ein Anliegen. Die Reise mit einem kleinen Campingbus nach Norwegen lieferte ihm die Inspiration für diese Geschichte. Dort durfte er ein mystisches Hochgefühl erleben, als er auf einer Walsafari bis auf kurze Distanz einem acht Meter langen Pottwal nahekam.

Der Buckelwal

- bekannt für seinen Walgesang
- Unterordnung: Bartenwal
- Länge: 12 – 15 Meter
- Gewicht: bis zu 30 Tonnen
- Ernährung: Plankton; kleinere Fische
- Tauchtiefe: bis zu 200 Meter